I

Une semaine ordinaire

Véra Herthé

I. Une semaine ordinaire

Quatre saisons en Ardèche

Edition : BoD – Books on Demand
12/14 rond-point des Champs Elysées, 75008 Paris
Imprimé par BoD – Books on Demand, Norderstedt, Allemagne
ISBN : 9782322140336

Dépôt légal : Mars 2017

Véra Herthé est un nom d'emprunt, pour cet auteur novice qui vit dans un petit village du sud de la France avec son mari et ses filles et travaille dans le médical.
Ce roman est le premier qu'elle publie et le premier d'une série de quatre histoires toutes situées dans cette région, si belle et chère à son cœur, qu'est l'Ardèche.

C'est une fiction, tirée de son imaginaire ; rien de ce qui est écrit dans ces pages et aucun de ses personnages n'existent ou ont existé. Une ressemblance possible serait le fruit du pur hasard…

« Il ne faut pas dire toute la vérité,
mais il ne faut dire que la vérité »
Jules Renard

I

Lundi, dans l'après-midi

Claudie shoote dans la bogue tombée à ses pieds. Celle-ci décolle du sol comme une fusée pour aller s'écraser cinq mètres plus loin et s'ouvrir, libérant ainsi trois minuscules châtaignes luisantes.

L'Ardèche, l'autre pays de la châtaigne.

« Mais pourquoi suis-je là ? » se demande-t-elle soudain.

Comme un besoin subit, elle avait pris sa voiture en début d'après-midi, cheminant sur les routes sinueuses de ses souvenirs, et elle avait rejoint cette forêt de châtaigniers, avant la Croix de Bauzon. Elle était seule, encore et toujours, elle en avait pris l'habitude. Mais ce jour-là, elle n'en pouvait plus de se retrouver face à elle-même.

Elle avançait sur le chemin de randonnée sillonnant la forêt et seuls ses pas crissaient dans le silence environnant. Elle marchait, comme si elle fuyait ses pensées.

Revenue sur les traces de son enfance par obligation, depuis deux jours, elle avançait dans ses souvenirs, sa façon à elle d'entamer le deuil de sa grand-tante Alice, morte soudainement voilà quelques jours. Une fois les formalités remplies et la cérémonie passée, elle avait commencé à ranger la maison, triant des papiers, des vêtements, encore du linge et les souvenirs accumulés par une petite vieille solitaire et sèche. Non, pas si sèche que ça finalement, juste un peu… indépendante.

Claudie lève les yeux au ciel ; il fait encore bon en ce mois de novembre et les arbres ont revêtu leur plumage de feuilles d'automne aux couleurs criardes, formant comme une haute voûte au-dessus d'elle. Partout, la nature n'est qu'oranges et jaunes, comme une multitude de touches impressionnistes miroitantes dans les rayons du soleil. Elle respire la douce odeur du feuillage humide, ses pas provoquant un bruissement continu, et aperçoit de part et d'autre quelques têtes de mycocètes. Bien entendu, que des mauvais !

« Le jour où je tomberai sur de bons champignons, les poules auront des dents… Mademoiselle Chance, c'est comme cela que m'appelaient Christine et Christelle, ouais, mademoiselle Chance… »

Les souvenirs arrivent par grappes, sans cohérence.

Elle se revoit vers cinq ans, découvrant pour la première fois sa grand-tante et son grand-oncle, les yeux écarquillés de surprise et de curiosité ; son premier séjour chez eux quelques mois après, rythmé par les corvées de la maison, les courses, les jeux de cartes, les histoires lues, la télévision en fin de journée et les bonnes odeurs de tarte ou de clafoutis s'échappant du four. Quelques promenades aussi, le dimanche, dans les environs : ils prenaient la voiture et tous les trois s'en allaient dans les forêts de châtaigniers, de sapins ou vers le lac d'Issarlès, pour marcher en silence quelques heures. L'année d'après, le grand oncle n'était plus, mais Alice avait quand même tenu à ce que la petite Claudie vienne passer l'été, puis les suivants, tous au même rythme. Quand l'enfant sut nager, sa grand-tante l'emmena alors à la rivière de l'autre côté du village, les après-midis de beau temps. La maison étant un peu à l'écart, face au cimetière, sans voisins proches, il fallait marcher environ un Km avant de rejoindre le centre du village grouillant de touristes l'été, et encore un Km pour atteindre la plage de galets. La vieille dame s'isolait loin des foules, à l'ombre des platanes avec son siège pliant, son chapeau de paille, sa robe légère à fleurs et son livre. La petite Claudie allait alors barboter à son aise dans la zone peu profonde de la retenue d'eau, se découvrait des amies, Christine et Christelle, et courait pêcher les têtards. Vers dix-neuf heure on rangeait les affaires, les serviettes, et toujours à pied on repartait en sens inverse. Une douche, un petit repas en tête à tête et la petite fille allait se coucher heureuse, le cerveau plein de rêves et de jeux, de promesses pour le lendemain. Les jours se suivaient et se ressemblaient, selon un calendrier bien établi et précis, mais sans lassitude.

Claudie ne se souvient pas d'un quelconque conflit avec la vieille Alice durant toutes ces années. Elle se creuse les méninges mais non, jamais un mot plus haut que l'autre. Il faut dire qu'enfant, Claudie n'était pas une violente, non, plutôt une enfant calme et paisible, plongée dans les bouquins et silencieuse, une enfant dans l'observation et la retenue. C'était ainsi à la maison : « occupe-toi donc seule et surtout ne fais pas de bruit ! ». Il fallait que ses parents puissent l'oublier totalement, le jour et la nuit. Sans frères et sœurs, sans cousins et cousines, elle apprit à aimer cette distance, le silence et la réflexion. Une des raisons aussi qui explique sa bonne entente avec Alice. L'une et l'autre tellement semblables par tous ces côtés. Et puis quelque part, Claudie a toujours eu un peu peur de la vieille dame. Elle ne sait pas pourquoi, un regard peut-être ?

Voilà Claudie vers dix ans, ses cheveux foncés coupés à la Mireille Mathieu, un peu boulotte, traînant derrière ses deux amies du même âge, Christine et Christelle, sur la place du petit village ardéchois. Depuis leurs huit ans, elles se retrouvaient chaque été pendant les grandes vacances, au gré des congés pris par leurs parents. Claudie, elle, venait les deux mois car ses parents travaillant, il n'y avait guère que la tante de son père pour accepter de la garder si longtemps, ses grands-parents ayant tous disparu trop tôt. Et la petite fille était heureuse de ces séjours, car la vieille dame lui fichait, il faut le dire, une paix royale : si elle restait intransigeante sur l'heure des repas et la présence de la fillette à ces occasions, elle lui laissait toute liberté le reste de la journée, sachant bien que de toutes façons, cette petite trop raisonnable resterait proche de ses amies, elles-mêmes chaperonnées de près par leurs familles. Claudie indiquait donc à sa tante son programme du jour et partait tranquillement rejoindre ses amies. Elles se surnommaient « les trois C », avec en plus pour elle, le surnom de Mademoiselle Chance.

Le matin les gamines faisaient les boutiques, bijouteries, papeteries, artisanat local, touchant tout et achetant peu ; l'après-midi elles se donnaient rendez-vous pour aller à la rivière. Là, sur la plage de sable grossier, entre les grands rochers à fleur d'eau, elles retrouvaient d'autres enfants de vacanciers, d'abord des fillettes de leur âge, puis plus tard les premiers garçons, les premiers baisers,... les premiers émois.

Ces jours heureux avaient pris fin brutalement alors que Claudie avait seize ans, en 1992. Cette année-là, la grand-tante avait été malade et hospitalisée. La jeune Claudie avait dû rester à Montpellier, chez ses parents, à s'ennuyer ferme. Les années suivantes, elle ne retourna pas non plus en Ardèche : on avait peur qu'elle fatigue la vieille dame. Claudie rêvait de paysages vallonnés et de forêts, tout l'été, dans la petite cour parentale.

Puis vint l'année 1995. A dix-neuf ans elle devenait orpheline subitement, ses parents emportés par un accident de la route. Et la grand-tante, seule rescapée d'une famille réduite au fil des ans, vint aider plusieurs mois la jeune fille à surmonter l'épreuve et s'organiser. Mais très vite la cohabitation se détériora, poussant la vieille femme vers le départ, au grand soulagement de la jeune fille. Depuis ce temps, elle appelait régulièrement Alice, mais ne venait plus que rarement. Manque de temps, manque d'envie…

Aujourd'hui, petite et trapue, Claudie a perdu son embonpoint. Elle porte encore ses cheveux bruns au carré avec une frange, mais plus longs, pour pouvoir les attacher quand même. Ils encadrent un petit visage rond et sérieux, des yeux noisette et un nez un peu busqué. Claudie ne distingue rien d'extraordinaire dans son reflet à travers le miroir, pas de signe particulier ni de beauté étrange. Un physique banal, passe partout, de ceux qu'on ne remarque pas, de ceux que l'on oublie facilement.

Elle revoit sa grand-tante, si blonde, le regard si bleu, une beauté froide. Elle avait dû être belle dans sa jeunesse ; avec les ans son petit visage fripé conservait malgré tout une certaine noblesse.

Elle regrette maintenant de n'avoir pas accordé plus de temps à la vieille dame, de n'avoir pas discuté avec elle, de ne pas l'avoir forcée à raconter son histoire, car elle en sait si peu… Alice ne se racontait pas. Elle choisissait ses mots avant de parler, réfléchissait avant chacune de ses réponses. Beaucoup de silences entre les mots. Même les autres vieilles venues à l'enterrement n'avaient pas l'air de bien la connaître : « une originale votre tante, une secrète, un ermite moderne… ».

C'est vrai qu'au travers de tous ses souvenirs d'été, Claudie se voit toujours seule invitée dans cette maison. Pas d'amis sur la terrasse, pas de coups de téléphone, pas de visites impromptues, sauf celles le mercredi matin de la femme de ménage qu'elle apercevait à peine, le mercredi étant jour de marché. Même au village, pour les courses, la vieille dame saluait ses congénères d'un signe de tête discret et continuait son chemin.

Elles ne furent pas nombreuses de fait, à l'enterrement…

On récolte toujours ce que l'on sème.

Madame Pichon avait contacté le journal dans lequel Claudie finissait sa journée le vendredi précédent. Après s'être présentée comme la dame de compagnie de sa tante et sa femme de ménage, elle lui avait annoncé avoir commencé les formalités exigées.

– Les quoi ? avait demandé Claudie abruptement.

– Les formalités, mademoiselle. La gendarmerie a demandé une enquête parce que comme votre tante est morte des suites d'une chute dans son petit escalier, en pleine nuit, et ben dans ces cas-là, ils ont dû faire une enquête, avec l'autopsie et tout. Je vous ai laissé un message sur votre répondeur, vous ne l'avez pas eu ?

– Ah non. Mais je ne pense jamais à l'écouter…

– C'est bien ce que j'ai pensé, reprend madame Pichon, la voix tremblotante. Voilà pourquoi je vous appelle au travail. Vous vous souvenez de moi ?

Claudie mouline, elle aperçoit une image floue.

– J'ai trouvé votre grand-tante, madame Coliéni, morte dans son salon ce mercredi midi, je lui portais des courses et heureusement que j'ai les clefs ! Elle a dû tomber dans son petit escalier pendant la nuit. Vous comprenez, elle était toute froide... Alors j'ai appelé mon mari et les gendarmes. Le docteur a dit qu'elle avait fait une crise cardiaque, mais comme elle n'était pas dans son lit, les gendarmes ont ouvert une enquête.

L'histoire est un peu chaotique mais Claudie comble les blancs, attentive et silencieuse.

– Maintenant que l'enquête est finie, ils vont rendre le corps. Mais votre grand-tante m'a tout indiqué depuis longtemps et surtout qu'il fallait le faire vite. Ce matin j'ai donc téléphoné aux pompes funèbres et la cérémonie pourrait avoir lieu ce dimanche matin. Je pense que c'est normal que je vous prévienne, même si votre tante ne tenait pas à ce que je le fasse ; elle voulait quelque chose de simple et de rapide, avec personne.

Ouais une vraie originale la tante, qui ne tenait même pas à ce que le dernier membre de sa famille soit présent pour ses obsèques.

Mais madame Pichon avait ajouté que le notaire du village se tenait déjà prêt à la recevoir pour la succession. Une affaire rudement menée !

Claudie, encore sonnée par la nouvelle, avait prévenu sans tarder son patron de son départ, était rentrée chez elle préparer une valisette – que mettre dedans ? - s'était couchée pleine de souvenirs, avait mal dormi et au petit matin du samedi, elle était partie dans sa voiture direction l'Ardèche.

Une heure trente de route. Assez peu au final. Alors pourquoi ne pas être venue plus souvent ? Claudie se mord la lèvre, pleine de rancœur envers elle-même. Elle n'a pas d'explication valable. Juste un « parce que »…

La bonne madame Pichon l'avait accueillie à son arrivée devant la maison, l'avait délestée de sa valise et de son manteau, et menée tout droit devant la porte de la chambre du fond, la chambre de sa grand-tante : pas de corps dans la pièce, il restait à la morgue après l'autopsie.

Du plus loin qu'elle remonte dans ses souvenirs, aucun n'a cours dans cette pièce. C'était la chambre d'Alice, un espace protégé, comme interdit. Bien sûr, la vieille dame ne lui avait jamais formellement interdit d'y entrer, mais qu'y aurait-elle fait ? La porte toujours fermée, même sans clefs, laissait un message clair. Et la petite enfant calme l'avait compris très vite. De toutes façons, les rares fois où elle avait pu entrapercevoir l'intérieur de la chambre, si la porte était restée ouverte par exemple, elle n'avait rien vu de remarquable à ses yeux. Elle préférait sa propre chambre et surtout le jardin.

Comme coupable d'un sacrilège, Claudie avait tourné la poignée et poussé la porte.

Le lit avait été changé et fait mais tout était resté en l'état : les vieux bas de contention reprisés sur le fauteuil près de la fenêtre, la robe de chambre en pilou pliée en bout de lit et les chaussons bien alignés sur la descente. La moquette marron, les rideaux de velours vert, une pièce sombre. Un fauteuil de satin jaune, une armoire, une commode et un lit en noyer dont la tête énorme et sculptée d'aigles, écrasait toute la pièce de sa présence.

Les volets clos, les ombres ondulaient au gré des petites bougies placées sur la commode. La jeune femme laissa son regard errer, glissant sur les meubles massifs. Elle ouvrit l'armoire, caressa les robes encore pendues et parfumées de lessive. Dans le tiroir du petit chevet, une vieille montre qui fonctionnait encore, un paquet de kleenex et des pastilles Vichy. Au fond, un petit écrin qu'elle ouvrit pour y trouver à l'intérieur, une vieille clef, drôle d'idée. Sous le tiroir, le petit pot de chambre en métal bleuté, pour les envies subites de la nuit.

La main de Claudie caressa la courtepointe verte à fleurs jaunes qui couvrait le lit. Elle marcha vers la commode, ouvrit les tiroirs, mais sans chercher quoi que ce soit, juste pour voir : des draps, des chemises de nuit bien pliées et des sous-vêtements de vieille dame, le tout dans les effluves des petits sachets de lavande.

Claudie muette laissa son esprit vagabonder. Elle revoyait le petit visage doux et délicatement parfumé de violette de sa grand-tante Alice, ses yeux bleus malicieux ou vagues, son regard souvent perdu dans le lointain, et sa petite bouche rose, avare de baisers et de mots. Un visage adorable mais une retenue permanente ; l'absence de tendresse derrière le masque de douceur. Et pourtant Claudie ne lui en voulait pas. Dans sa famille on était comme ça, sec comme un coup de trique, de génération en génération, comme malhabile avec les sentiments humains. Une famille de fantômes, de masques, d'icebergs.

Claudie reprenait la succession avec beaucoup d'habileté.

Un jour un collègue lui avait même jeté à la figure « tu es une handicapée des sentiments », tout ça parce qu'elle refusait ses invitations à sortir. Oui, elle restait dans sa lignée, mais pas fière.

Après réflexion, ce manque de chaleur lui avait permis de se forger une carapace contre les autres, les déceptions, les désirs impossibles… Mais le prix à payer restait élevé : solitude. Il fallait gérer cette solitude du mieux possible ; ses parents qui ne comptaient que peu d'amis l'avaient fait, mais à deux ; sa grand-tante avait finalement, apparemment eu recours à une amie, madame Pichon.

Mais elle, Claudie ?

Lui restaient ses collègues de travail, mais ils ne se voyaient pas hors du boulot. Ses week-ends, elle les passait à se promener ou à bosser chez elle.

Lorsque l'heure de midi avait sonné à l'horloge de la maison, madame Pichon avait convié la jeune femme à se sustenter un peu dans la salle à manger. Claudie n'avait pas faim, elle préférait rester encore un peu dans la chambre. Et là, dans la pénombre, installée dans le fauteuil, elle avait pleinement réalisé qu'elle était la dernière de la famille pour de bon. Il ne restait plus qu'elle, à part peut-être de lointains cousins du troisième degré, inconnus. Elle avait retrouvé les meubles de son enfance, les chandeliers à sept branches illuminés de flammes, et compris les miroirs recouverts de draps. Sa tante avait, par amour, adopté la religion juive, mais elle ne le montrait que rarement, à petites touches ou quand cela l'arrangeait. En réalité elle n'était d'aucune confession, sauf la sienne propre, un mélange de toutes et d'aucune. Probablement, madame Pichon qui avait cru bien faire en respectant les consignes de base lors d'un deuil pseudo-juif.

Elle visualisa sa tante, lui parla dans sa tête, se reprocha beaucoup de choses et sortit faire un tour dans le jardin où le soleil brillait de mille feux, la tête enfin vide.

Alerté de son arrivée, le notaire du village se présenta tôt dans l'après-midi. Il était chauve mais arborait une moustache énorme, plutôt poivre que sel. Derrière ses lunettes sans monture on voyait s'agiter ses petits yeux chafouins. A mots pesés il expliqua à Claudie ce qu'elle devinait déjà, à savoir qu'elle était l'unique héritière de sa tante mais que les biens financiers ne se montaient pas à grand-chose, une fois les frais de succession retirés.

– Il vous reste toujours cette maison et ce terrain. La maison se délabre un peu plus chaque année car le terrain argileux ne la soutient pas vraiment, ce qui explique les lézardes que vous voyez sur la plupart des murs intérieurs et il faudrait engager des travaux colossaux pour la réparer ou l'entretenir ; mais il y a un grand terrain et je peux vous trouver facilement un acquéreur, je pense.

Cause toujours mon coco, se disait Claudie, je te vois venir. Les lézardes existent depuis belle lurette.

– Merci, fut le seul mot qu'elle prononça en signant les formulaires adéquats. Elle ne raccompagna même pas l'homme de loi qui masqua sa dignité froissée derrière son énorme favori, devenu tout à coup hirsute.

Le dimanche, madame Pichon, absolument indispensable, accompagna Claudie jusqu'à l'entreprise de pompes funèbres où le petit corps raccommodé d'Alice attendait dans un cercueil des plus simples. Ce dernier avait été fermé, masquant aux yeux curieux les premiers dégâts de la décomposition. Claudie ne put ainsi pas jeter un dernier regard à la morte. En un sens, cela l'arrangeait, elle avait déjà eu son quota de masques mortuaires.

Seules dans la pièce calme, les deux femmes n'osaient croiser leurs regards, comme les deux étrangères qu'elles étaient. Madame Pichon avait les lèvres qui tremblaient comme si elle réfrénait les mots qui voulaient en sortir ; de minutes en minutes elle essuyait les larmes qui perlaient au coin de ses yeux.

Claudie, le regard sec, le cerveau vide, se demandait au final quel rôle elle jouait dans cette scène dont elle se sentait si étrangère. Aucune pensée sensée ne lui venait à l'esprit ; et en même temps elle culpabilisait de ne pas se sentir plus émue. Elle se laissait bercer par la musique suave déversée en sourdine.

Au bout d'une heure de gêne palpable, elles sortirent à la suite des employés qui portaient le cercueil léger jusqu'au véhicule de l'entreprise. Une camionnette grise, vide de fleurs et de couronnes, comme l'avait souhaité la défunte. Claudie prit le volant de sa voiture avec, à ses côtés, sa nouvelle compagne, et toujours dans le silence, suivit le fourgon, seuls véhicules du cortège, jusqu'au cimetière en face de « sa » maison. Là devant le grand portail, quelques mamettes attendaient vêtues de noir. Comme des oisillons elles se groupèrent autour de madame Pichon en chuchotant, et à la suite de Claudie, suivirent les porteurs jusqu'au caveau familial : Alice rejoignait sa dernière demeure, et du même coup sa sœur, son beau-frère et son mari. Tout autour, les tombes croulaient sous les fleurs et les jardinières. Des chrysanthèmes surtout, de toutes les couleurs, énormes. Malgré tout, quelqu'un avait fait les choses comme il faut : sur le marbre moucheté de gris, un énorme bouquet anonyme de lys blancs avait été posé sans vase.

Pas d'église ni de rabbin, comme l'avait exigé sa grand-tante : un dernier au revoir et la plaque du caveau que l'on scelle à jamais. Le serrement de mains molles et les yeux que l'on fuit du regard, les mamettes étaient reparties, laissant les deux silhouettes féminines dans la brume.

Après le départ des pompes funèbres, Claudie avait suivi madame Pichon jusqu'à la maison, s'était laissée servir un frugal repas par celle-ci, l'avait rassurée que tout irait bien et enfin remerciée pour tout. Puis elle s'était claquemurée dans la maison, et comme dans un songe, s'était allongée sur le lit de l'autre chambre, la sienne, pour finalement s'endormir comme une souche, et ne se réveiller qu'au petit matin du lendemain.

Claudie secoue la tête, comme pour chasser ses pensées, et fait demi-tour sous les châtaigniers pour rejoindre sa voiture. L'après-midi touche à sa fin et il lui tarde maintenant de finir de ranger chez sa tante et de rentrer chez elle, dans son petit appartement de Montpellier. Elle se fait la remarque qu'elle n'a croisé personne aujourd'hui, de nos jours les gens ne marchent plus dans les forêts, ou alors on est un jour de semaine ? Elle ne sait même plus quel jour on est…

A l'orée du bois, elle s'arrête brusquement : il y a un chien assis à côté de sa bagnole, un gros chien.

Claudie n'ose plus avancer, pétrifiée sur place, elle a toujours eu peur des chiens, surtout des molosses comme celui-là.

Si je ne bouge pas il va sentir que j'ai peur, pense-t-elle. Et s'il sent que j'ai peur, il risque d'attaquer. Il faut que je fasse comme si tout était normal… Mais à qui est ce clebs ? Les gens sont fous de laisser un monstre pareil sans laisse. Si je les chope, je te leur passe un de ces savons !

Elle se met en mouvement, doucement, sans quitter des yeux le chien mais évitant de le fixer, les mains dans les poches, histoire de les protéger peut-être…

– Salut le chien ! lui dit-elle d'une voix calme mais un peu forte. Alors, mon gros, t'es tout seul ? Et où sont tes maitres ? Ce qui est sûr c'est qu'ils sont à pied non ? Car je ne vois de voiture nulle part… bon tu vas peut-être me laisser rentrer dans ma bagnole, car tu es un gentil toutou non ?

Le chien au pelage noir, qui semble d'une espèce inconnue, mélange de beauceron, de rottweiler et peut-être de grizzli, se met sur les pattes et toujours sans aboiement, remue la queue. Il est vraiment énorme, planté comme ça sur ses quatre pattes. Presque aussi haut qu'un poney, mais bien moins engageant… Et sa gueule doit faire au moins deux fois la taille du visage de Claudie.

– Ah ! Tu veux jouer ? Ouais, mais moi j'ai pas envie et j'ai la pétole tu vois, alors je ne vais pas te toucher, pas jouer mais rentrer tranquillement chez moi… Tu n'as même pas de collier on dirait…

Elle ouvre sa portière délicatement, monte en voiture et referme prestement derrière elle, poussant un imperceptible soupir de soulagement. Son cœur bat la chamade et elle s'en veut de se créer de telles émotions pour un vulgaire chien même pas méchant au final ; « oui mais on ne se refait pas ! » se dit-elle tout haut.

Le bon gros toutou s'écarte tranquillement de la voiture quand Claudie démarre, et se rassoit sur le bord de la route, comme s'il attendait quelque chose qui n'est pas venu cette fois.

En partant, Claudie jette un coup d'œil sur celui-ci dans le rétro, « trop bizarre ce clebs », puis son image disparaît dans le premier virage et elle continue sa route. La nuit tombe tôt en cette saison.

Place de la Grand Font, le grand maigre et le petit gros se retrouvent, dans le café. Il n'y a pas grand monde ce soir, la télévision en sourdine allumée sur la chaîne sport ; un brouhaha de semaine d'automne.

– Toujours aussi maigre ? attaque la baleine.

– Et toi toujours aussi gros ?

Leur façon de se dire bonjour depuis plus de vingt ans.

Des physiques totalement opposés et pourtant ils se ressemblent tellement au fond d'eux.

– T'as les papiers que je t'ai demandé ? chuchote le maigre.

– Ouais, répond la baleine en jetant une grosse enveloppe kraft sur la table en zinc, et franchement, je comprends pas bien ton problème. J'ai eu un peu de mal à remonter le temps, tout simplement parce que j'ai rien trouvé. C'est le vide total, il n'y a rien. Tellement que c'en est louche d'ailleurs…

– Ça c'est à moi de le découvrir, c'est ma partie…

Le gros baisse la tête en triturant son verre, les yeux cachés derrière sa frange grasse.

– J'aime bien ta façon de dire merci.

Et les deux hommes de sourire, complices.

Après ils prendront un autre verre, une petite bière probablement, et à demi-mot ils se conteront le temps qui a passé depuis leur dernière rencontre, il n'y a pas si longtemps que ça, jetant un œil distrait au match en cours et aux autres habitués qu'ils connaissent bien sûr. Tout le monde se connaît dans les petits villages. Surtout des gars comme eux, ça se remarque forcément.

Et quand il se fera tard, à la fermeture ou presque, ils se serreront la main devant la porte du bistrot et chacun retournera chez lui, l'un perdu dans ses pensées obscures, l'autre dans ses schémas informatiques.

Le journal de Mona 1

Parce qu'un jour nous décidons de changer,
Parce que le temps nous rattrapera, parce qu'un
jour j'aurai peut-être tout oublié...
Mais avant, je me dois, pour qui, pour quoi, je ne
sais, de couvrir ces pages.
Peut-être pour l'enfant ?
Peut-être juste pour moi, pour mon âme ?

Ces mots éclaireront ils ceux qui les liront ?
Ces phrases expliqueront-elles qui nous fûmes et
ce que nous en fîmes ?
Je ne crois pas au grand pardon, je ne fus pas
toujours juste.
Mais je n'ai pas de remords, juste des regrets...car
les choses eussent pu être différentes alors.

Nous ne croyions qu'en nous, nous vivions
comme des dieux loin de la justice des hommes.
Elle nous a effleurés souvent, mais jamais
attrapés. Et aujourd'hui que le temps s'amenuise,
que tu n'es plus là mon adoré, je me dois de
confier mon secret. Il est devenu trop lourd,
cherchant à toute fin de vouloir s'enfuir, mais
pourquoi maintenant ?

Qui peut comprendre cet amour, si puissant, si fort, si absolu ?

Rien ne put lui résister alors.

Il naquit en nous et fut notre seul bien, notre seul trésor. Je l'ai chéri tel quel et aujourd'hui je reste avec lui et mes souvenirs.

Personne ne comprendra, c'était au-delà des mots, mais je veux tenter au travers de ces pages de le décrire, de m'en délecter une dernière fois…

II

Lundi, le soir

Un petit crachin tombe sur la région quand Claudie se gare devant le cimetière. Comme d'habitude, pas un chat à l'horizon. En face, la maison est là, énorme et menaçante dans l'obscurité, toute en pierres apparentes avec un gros mûrier en guise de sentinelle au pied des marches du perron, à l'entrée.

Construite comme un Z à angles droits, deux terrasses la complètent sur le devant ; partout des petits escaliers formant comme un labyrinthe, joignent les différents niveaux des pièces en rez-de-chaussée, des terrasses extérieures et des caves voûtées souterraines. Autour, un grand plan de verdure ponctué de nombreux mûriers, seuls rescapés de l'ancienne magnanerie. Derrière, au nord, deux grands sapins donnent aux lieux un aspect lugubre.

C'est une maison à deux visages : un côté lumineux au sud, engageant et propice aux festivités sur les terrasses ; mais à l'arrière, les mousses sur les murs et les grandes branches des hauts sapins maintiennent les lieux frais et ombrés, secrets.

Entre les deux, un vieux puits entièrement maçonné de pierres devient de plus en plus invisible sous le piracanta.

Et sans séparation d'avec le jardin, une grande vigne plane plus à l'est.

On n'y voit goutte car cela fait des années que le lampadaire du quartier est fichu et comme les habitants du cimetière ne se plaignent jamais… Claudie allume sa petite torche qui ne la quitte pas et déverrouille le portillon. La maison doit avoir le record de cambriolages de France, même s'il n'y a rien à voler, et Claudie reproduit les gestes d'Alice qui fermait tout à chaque sortie. A son époque on appelait ce petit mas « la campagne piégée » car la grand-tante avait la marotte de parsemer le terrain de panneaux de bois portant des inscriptions peu amènes du genre « attention pièges » ou encore « fuyez ! ». La jeune femme revoit Alice dans la pelouse avec ses pinceaux et ses peintures, histoire d'entretenir ses fameux panneaux.

Après les volets de bois et les portes de la maison, Alice terminait ses pots de couleur blanche sur ses pancartes ; à cette étape de l'entretien d'une maison, elle avait toujours le sourire aux lèvres, penchée sous son vieux chapeau de paille crevé et vêtue d'une ample tunique à fleurs. Claudie, même petite, trouvait que sa tante dansait dans le soleil, presque heureuse.

Et quand la fillette lui demandait pourquoi elle installait tant de mises en garde car elle ne comprenait pas ce qu'il y avait de si précieux dans cette vieille bicoque, Alice lui répondait invariablement en chuchotant « pour protéger tous mes secrets… » avec la mine de conspirateur qu'arborent tous les adultes qui font des blagues aux enfants. Alors la petite Claudie haussait les épaules et partait rejoindre ses amies.

La jeune femme de maintenant sourit un peu et entre se mettre au chaud dans la maison. Elle ravive les flammes de la cheminée et jette un œil dans les pièces : ce matin elle a mis un sacré foutoir partout, aussi bien que l'aurait fait un cambrioleur d'ailleurs. Dans chacune des pièces, tous les tiroirs et les portes des meubles sont restés ouverts. Des tas de papiers, de vieux ustensiles de cuisine, des boîtes en fer, des photos, des vêtements, jonchent le sol, laissant comme une allée au centre pour se déplacer dans la maison. Elle attrape un morceau de pain et un bout de fromage dans le frigo, allume en sourdine la radio et grignote devant le feu. Dehors la nuit noire est tombée, et avec elle un grand silence dans le quartier, quelquefois interrompu par le rare passage d'automobiles. Enfin, la pluie qui continue un peu plus drue maintenant.

Il lui faut tout de même réfléchir au futur et prendre certaines décisions qu'elle a repoussées systématiquement. Même si elle sait depuis longtemps que cette maison lui revient, il faudrait qu'elle décide ce qu'elle veut en faire et vite car cela fait déjà trois jours qu'elle est ici et ses congés ne sont pas à rallonge.

Garder la maison reste l'option de son cœur mais une maison cela s'entretient, surtout les vieilles baraques difficiles à chauffer, fissurées et la proie continuelle de visites non désirées, ce qui signifie à chaque fois de réparer une fenêtre ou une porte…et des ouvertures, il y en a ! Chaque pièce est lumineuse au possible même si à l'époque l'on ne connaissait pas encore les baies vitrées comme il est d'usage d'en abuser de nos jours.

Dans la première partie de la construction, on peut entrer par la cuisine, rustique au possible. Le sol en tommettes brunes, toutes rayées sous la table ronde bancale et les petits rideaux à pompons rouges aux deux fenêtres. Séparée de quelques marches, la salle à manger avec en son centre une table énorme, les pieds de bois sculptés et le plateau en verre. Elle pèse une tonne cette table, mais Claudie a toujours adoré les sièges qui l'entourent, recouverts de velours noir et blanc, et surtout l'horloge pendue au mur qui carillonne les heures gaiement. Lorsqu'elle jouait aux cartes, dans cette pièce, avec sa tante, Claudie se souvient s'être plus d'une fois endormie, comme hypnotisée par le tic-tac inlassable.

Puis un grand salon avec porte d'entrée, cheminée, bibliothèque et fauteuils bleus moelleux, dans le style « crapaud » comme on disait à l'époque. Et encore, toujours, des petits pompons : aux rideaux, sur les fauteuils, en bordure des napperons…

Encore quelques marches et on accède à la partie nuit, rehaussée, avec deux grandes chambres, une salle de bain de ministre au carrelage marronnasse, un cabinet de toilette aux parois arrondies, le long d'un grand couloir étroit. Et toujours au sol, les tommettes brunes que la tante cirait une fois par semaine. Après il fallait faire gaffe, parce que ça glissait rudement.

Les murs entièrement blancs renvoient la lumière du soleil par beau temps, sur les tableaux et les bibelots accrochés de toutes parts, dans chaque pièce, sans ordre réel. Les meubles lourds et massifs confèrent à l'ensemble une allure cossue suggérant de petits déplacements lents. Claudie n'ose pas imaginer les dégâts que causerait un troupeau de petits enfants courant dans tous les sens en ces lieux. D'ailleurs la maison n'a jamais accueilli de telle nuée.

C'est une maison de vieux, pour des vieux.

Mais dans chaque coin et recoin, elle revit ses souvenirs, ses heures heureuses et calmes…

Elle réfléchit en rêvant. C'est quand même bien agréable d'avoir un petit quelque part où s'isoler, où partir en vacances se ressourcer. Mais Claudie ne part jamais en vacances : avec personne, autant rester chez soi et chez soi comme elle s'ennuie, autant bosser. C'est d'ailleurs pour cette raison qu'on lui a si facilement permis de partir pour une durée indéterminée au pied de la lettre : elle a tellement de jours à rattraper !

Si elle vend, finis les soucis de fric, pour quelque temps à peine car une vieillerie pareille ne doit pas valoir beaucoup, pas de soucis de propriétaire immobilier ni de venues obligatoires juste pour contrôler que tout va bien, bref que du positif. Oui mais...

Claudie se lève, s'essuie la bouche d'un revers de la main et va se planter à la fenêtre de la cuisine, vue sur le cimetière : de hauts murs bordés de grands cyprès, deux immenses portails vert bouteille et dedans toute l'histoire du village. Là-bas, de l'autre côté de la route, il y a tous ses ancêtres, ses parents et même sa place dans la tombe si elle veut, car les vieux ont tout prévu. Là-bas il y a tout son passé et ses souvenirs des temps heureux, insouciants, les temps de l'enfant, avant qu'elle ne doive grandir trop vite et jouer à l'adulte dans un monde mélancolique.

L'enfance c'était le paradis, tous les jours heureux, le soleil dans chaque souvenir, les odeurs de bonbons et de gâteaux, les fous rires pour rien avec les copines et le sommeil profond. Le pays de Casimir...

Elle tourne la tête vers la vigne, sur la gauche, encore entretenue par le père Pichon qui se loue à droite et à gauche pour récolter son vin. Cette vigne ne vaut rien si ce n'est qu'elle est grande et le terrain bien placé. Il faudrait y construire et louer mais la grand-tante n'a jamais voulu céder à ces projets, malgré les visites des officieux du coin et des divers promoteurs qui s'y sont essayés. Elle voulait garder la vue, sa vue sur une vigne et au-delà sur un bout de Cévennes, « Les Grads », une espèce de colline longue et plate, si aride qu'on se demande pourquoi elle porte un tel nom. Peut-être à cause de ses pentes découpées en gradins ?

Quelque chose attire l'œil de Claudie, perdue dans ses pensées, un mouvement près de la porte du cimetière, de l'autre côté de la route. Claudie cherche du regard mais il fait trop noir et les gouttes de pluie masquent le contour des formes : le vieux banc en métal rouillé, le container poubelle, la croix en pierre, … là contre la croix, quelque chose ?! Claudie fronce les sourcils, se décolle de la vitre, mais tout est éteint chez elle, personne ne peut la voir. Une voiture arrive et elle se dit que dans les phares elle verra peut-être quelque chose, alors elle se concentre sur le point sombre informe qui l'interpelle et juste quand les phares éclairent la zone, elle aperçoit une masse : on dirait quelqu'un accroupi sur la route sous la pluie, forme immobile… Qui aurait envie de rester sous la pluie sans bouger si ce n'est quelqu'un qui a un problème ? Claudie hésite quelques minutes. Elle n'est pas sûre, elle n'a pas bien vu peut-être. Elle n'a vu aucun visage non plus. Et puis elle a peur, elle ne connaît rien ni personne ici. Et si ça tournait mal ?

La plupart du temps, à Montpellier, si elle croise un alcoolique affalé dans le caniveau ou une clocharde qui l'interpelle, elle a une technique imparable et très personnelle : elle fait comme si elle ne voyait rien, comme si elle était sourde, et elle allonge le pas. Mais là c'est quand même un peu différent... Deviendrait-elle humaine ?

Claudie reprend son poste d'observation à la fenêtre et scrute encore les ténèbres ; une voiture passe à nouveau et dans les phares, la forme immobile recroquevillée sur l'asphalte, est toujours là.

Finalement la jeune femme attrape son blouson, met sa capuche et prend une grosse lampe torche. Elle ouvre la porte de la cuisine et sort dans la nuit. Tout est silencieux, à part le crépitement des gouttes de pluie sur l'asphalte.

Elle remonte le chemin de pierres et se fige au portillon, l'ouvre et lentement, elle pose un pied sur le goudron de la rue.

– Ohé ! Y'a quelqu'un ?

Pas de réponse.

– Ne vous inquiétez pas, je viens juste voir si vous avez besoin de quelque chose...

Elle ne sait même pas à qui ou quoi elle parle mais tout à coup, un chien est là, qui se dresse brusquement sur ses pattes et remue la queue dans le faisceau de sa torche, l'air amical. Le cœur de la jeune femme fait un bon dans sa poitrine, et elle s'immobilise sur le champ. Il est aussi gros que celui qu'elle a croisé dans la forêt et a l'air aussi paisible pourtant. Serait-ce la forme qu'elle a aperçue tout à l'heure ? Non, impossible, c'était un humain avec une cape ou un truc du style, elle en est persuadée. Décidemment, c'est ma journée CHIEN, se dit-elle en reprenant ses esprits. Alors elle avance encore un peu…

– Salut le chien ! Tu sais que j'ai vu ton copain tout à l'heure, d'ailleurs ce devait être ton jumeau car il te ressemblait vachement ! Bon j'ai cru voir quelque chose par là à tes côtés… dit-elle pour rassurer le chien qui n'aboie pas non plus et elle-même qui se demande finalement ce qu'elle fait là sous la pluie à neuf heures du soir, au milieu de la route en compagnie de cet animal.

Elle fouille minutieusement le sol avec sa torche, mais rien de rien, elle ne voit rien, juste une casquette vieille de trois siècles au moins qui traîne dans le caniveau ; elle a dû rêver… « bon ben stop, j'ai fait ce que j'ai pu mais je me gèle, je rentre » marmonne-t-elle en retournant vers la maison. Le bon gros toutou la suit puis s'engouffre dans le jardin jusqu'à l'entrée de la cuisine. Tranquille, la truffe au vent, la langue pendante sur le côté comme s'il souriait. Claudie fronce les sourcils, qu'est-ce que cette blague ? Elle observe l'animal, assis sous la pluie sur la terrasse, attendant le signal de pouvoir entrer. Lui non plus n'a pas de collier. Mais enfin, les gens d'ici ne connaissent pas les règles canines ou quoi ? Le chien ferme la gueule et penche la tête de côté d'une façon comique, comme pour dire *alors tu me fais rentrer ?*

Claudie danse d'un pied sur l'autre, elle ne sait pas vraiment quoi faire ; pauvre bête toute seule et trempée, ce chien a l'air encore plus paumé que celui de la forêt. Mais faire rentrer un molosse pareil à ses côtés, elle qui tremble comme une feuille, il risque de la bouffer durant la nuit, non d'ailleurs, car elle ne pourra pas fermer l'œil…

– Je reviens ! dit-elle au chien et elle se précipite à l'intérieur. Elle attrape un grand saladier, y jette son reste de pâtes de midi et ressort.

– Viens le chien ! Tu vas te mettre à l'abri et tu feras ce que tu veux mais pas dedans avec moi car on n' se connaît pas, hein ?

Sous la terrasse de la cuisine il y a une arche avec un porche bas de plafond où Alice entreposait son bois de cheminée. Au sol, de la terre battue où Claudie pose son saladier. Le chien a compris et renifle avant d'engloutir son repas. Quand Claudie se retourne en partant, elle le distingue dans le noir, allongé tel un sphinx, rassasié, le poil luisant et, semble-t-il, heureux.

Rassurée sur son sort, la jeune femme court se mettre au chaud devant l'âtre, jette son blouson, balance ses chaussures trempes, ferme les portes et les volets. Un dernier tour dans la baraque pour tout éteindre et tout verrouiller, et elle plonge dans sa chambre.

En se déshabillant, elle jette à nouveau un regard sur le décor.

C'est une grande pièce carrée aux murs chaulés de blanc. De nombreux tableaux ponctuent le quadrilatère, tellement que parfois Claudie se dit qu'ils l'étouffent visuellement. Ils sont sombres et de petite taille, figuratifs dans l'ensemble mais sur la plupart on ne voit plus vraiment le motif, la peinture s'est écaillée à plusieurs endroits et le temps a abîmé le reste. Là on devine un bouquet dans un vase, et sur celui-ci une caravelle entrant dans un port oriental. Mais les autres sont des œuvres plus modernes, de petits dessins à l'encre très sombres et hideux. Claudie, enfant passait déjà de nombreuses heures à les scruter, comme magnétisée par les toiles : en plissant les yeux elle essayait de découvrir tous les détails de l'œuvre. Et quand sa tante la trouvait dans cette posture, d'abord elle ne disait rien, puis elle s'approchait doucement de la fillette et la prenant délicatement par les épaules, elle lui chuchotait à l'oreille : « est-ce que tu les aimes ? ». Claudie, pour ne pas mentir, restait silencieuse, et sa tante continuait : « ils sont à toi. Moi je les aime beaucoup, ils me rappellent mon passé avec Simon ».

Claudie les gardera, c'est sûr, en souvenir de ces moments précieux, mais elle a toujours préféré les couleurs vives.

A moitié endormie, elle se couche sous la couette fraîche et écoute la nuit.

Quel silence ici, c'est incroyable. A la limite de l'épouvantable.

A Montpellier, il y a toujours une voix, une mobylette ou une voiture en fond sonore, mais ici, rien.

Elle a un petit sourire aux lèvres, fière d'avoir vaincu sa peur de l'animal, elle qui enfant, aurait tant aimé avoir un chien, ou un chat.

Mais non, pas d'animaux dans la famille, ni chez Alice, ni chez ses parents. Si elle posait la question fatale « est-ce que je pourrais avoir un chien ? », elle avait droit à plusieurs réponses toutes aussi négatives les unes que les autres, du style « c'est salissant », « c'est embêtant », et la favorite : « c'est de l'esclavage ». En grandissant, les adultes avaient alimenté sa peur naturelle d'enfant, lui mettant sous le nez tous les articles de presse ayant trait aux subites attaques d'un animal envers son maître, oubliant de préciser que dans neuf cas sur dix, l'animal a une raison valable d'attaquer. On oublie juste que c'est un animal, et pas une peluche.

Bref, la petite Claudie avait grandi sans bestiole et la peur au bide chaque fois qu'elle croisait la gent canine sur son chemin.

Mais ce soir c'est différent, il y a un chien, et un beau, chez elle !

Elle ferme les yeux et dort déjà du sommeil de bébé quand elle se parle: « le chien est là, tout va bien, tu peux être tranquille ».

Dans sa chambre cachée sous les toits, le grand maigre s'est lancé dans la lecture des documents fournis par son ami. L'idée a germé dans son cerveau bizarre il y a quelques jours maintenant. Et depuis elle est là à l'asticoter. Pas moyen de la chasser. Il essaie de relier tout ce qu'il lit suivant sa propre intuition, mais même si un schéma global transparaît, il ne comprend pas encore les détails. Pourtant au fond de lui, il sait qu'il a raison d'entreprendre sa quête, même seul, même incompris.

Il a toujours fonctionné comme cela, à l'inverse des autres, pour s'apercevoir au final qu'il avait raison. Certes, rester dans l'ignorance n'aurait pas changé le cours de ses journées, comme pour les autres, mais lui, il cherche la petite bête, c'est comme ça.

Alors avant de sombrer dans les bras de Morphée, il lui faut trouver une solution, comment continuer. Comme un jeu de patience, il tourne ses hypothèses en tous sens, essayant de les emboiter les unes aux autres. Cela lui donne mal au crâne, il tourne et retourne dans son lit.

Mais non.

Ça ne marche pas ce soir.

Il lui manque encore trop d'éléments…

Il faut qu'il continue de chercher, de creuser, de fouiller. Il sait qu'il a raison, il le sait !

Pas près de s'endormir l'asticot…

Le journal de Mona 2

Je me souviens par bribes de notre mère... elle était si belle, si brune, si douce. Tout décor autour est flou, je ne me rappelle que d'elle, Elle. Enveloppée d'un doux parfum de fleur d'oranger, comme une douceur sucrée, ses longs cheveux épais et noirs caressant mon front d'enfant, sa voix grave et sourde me contant dans une langue étrange des secrets que je ne comprenais pas. Une forme de mélopée brute, ancienne et éternelle. Je sens, si je ferme les yeux, la chaleur de sa paume sur l'ovale de mon petit visage et l'appui de ses lèvres sur ma joue, mon nez, mon front. J'ai encore la sensation de bien-être absolu et paisible de me blottir au creux de ses bras.

Je ne sais plus aujourd'hui si elle était aussi belle en ce mois de décembre où elle nous laissa, mon frère et moi devant l'institution Sainte Odile, cette grande bâtisse immonde et froide, où nous devions passer tant d'années loin de tous, loin de tout... Matéo ne fut plus jamais le même, après ce matin-là. Et moi ?

Deux enfants côte à côte sur le grand perron de pierre, main dans la main, immobiles, l'un brun et l'autre blonde ; deux petits êtres effrayés mais courageux, sans larmes, car leur vie était tellement particulière déjà ; deux anges brisés à jamais mais sans compassion pour quiconque, endurcis à la manière forte ; deux rebelles.

La roulotte a dû partir tout de suite après nous avoir déposés ; je ne sais plus si ma mère, mon amour, y était de sa propre volonté ou si le clan avait décidé pour elle, la laissant en miettes. J'ai effacé cette image de ma mémoire, elle devait me faire trop souffrir. Comment peut-on laisser sa chair à d'autres ? Comment a-t-on ce courage de dire adieu à ce que l'on aime plus que tout ? Comment abandonner derrière soi sans remords ni regards ?

Mais surtout : pourquoi ?

III

Mardi, le matin

Un rayon de lumière passe entre les volets clos. Des volets en bois de plus de quarante ans, ce n'est jamais vraiment bien jointé et tant mieux car Claudie ne dort jamais dans le noir complet. Elle entrouvre les yeux et s'amuse de voir les particules de poussière danser dans la lumière. Ce matin elle aurait presqu'envie de paresser, de rester au lit des heures. Mais non, elle se lève déjà, comme coupable. Elle n'a jamais su traîner au lit…

Une douche rapide dans la salle de bain à côté, et elle enfile sa tenue préférée d'automne : un jean serré, un tee-shirt large, un vieux pull informe et ses bottes grises fourrées en lapin, son seul luxe. Elle fait son lit, range sa chambre, aucune trace de son sommeil, comme tous les matins, toute l'année, partout… Pourquoi ? La nuit, le sommeil, seraient-ils synonymes d'un péché ? De quoi se sent-elle coupable à chaque fois qu'elle traîne deux secondes au lit ou qu'elle laisse ses draps en vrac ? Pourquoi n'y avoir jamais pensé avant ?

Il serait peut-être temps d'entamer une psychothérapie ; trente-cinq balais c'est le bon âge, celui des premières crises d'adulte, celles qui bouleversent toute une vie pour finir de toutes façons tous de la même manière : en face, au cimetière…

Un dernier coup d'œil à la chambre bien nette, mais son ventre gargouille, c'est son heure.
Elle rallume au passage le feu dans la cheminée, car les nuits sont déjà humides en automne, dans cette région d'Ardèche. Puis elle fonce vers la cuisine, la dernière pièce du périple, pour son premier thé de la journée, avec les infos à la radio en sourdine, assise face à la porte vitrée. Le moment qu'elle préfère.
Dehors il fait un temps radieux après la pluie de la nuit et les feuilles jaunies du mûrier étincellent de mille gouttelettes dans le soleil. Claudie se rappelle la soirée de la veille, et le sphinx couché pas loin ; elle ouvre la porte de la cuisine et depuis la terrasse se penche vers l'arche : le chien est parti bien sûr.
Mais non ! Le voilà qui apparaît sur sa droite, la queue en mouvement et la langue pendante comme s'il avait fini son petit jogging du matin, relax.
– Alors le chien, t'es allé visiter le terrain ? Remarque avec six mille mètres carrés t'as la place de courir !
Et elle se tait car finalement elle ne voit pas vraiment pourquoi elle cause encore à cet animal.
Celui-ci se couche dans l'herbe et ferme les yeux ; il dort ou tout comme.
Claudie termine de siroter son breuvage et s'aperçoit qu'elle n'a rien écouté des infos à la radio.

Je suis coupée du monde ici… c'est quand même appréciable…

Mais tout de même elle se lève, prenant son courage à deux mains et retourne dans les pièces en chantier, armée de sacs poubelles : aujourd'hui elle a décidé d'en mettre un bon coup.

Tout d'abord dans les buffets de la salle à manger. Elle remet en place la vaisselle indispensable et en bon état, jetant sans état d'âme les vieux plats ébréchés ou d'usage indéterminé. Cette nuit, dans son sommeil, elle a pris la décision irrévocable de garder la maison. Elle sera toujours à temps de la vendre si vraiment c'est un poids. Mais les dispositions notariales de sa grand-tante sont simples et tout est prévu, même les droits de succession ont été prépayés. Les sacs poubelles et les cartons vides se remplissent à grand renfort de vaisselle cassée, et elle les sort au fur et à mesure sur la terrasse. La salle à manger retrouve son ordre d'autrefois.

Dans le salon, elle décide de garder les beaux livres de sa tante, ou plutôt de son oncle Simon, le grand amour d'Alice. Claudie ne l'a connu qu'une année, et encore elle était bien petite pour se souvenir vraiment. Leur histoire d'amour résonnait toujours des sons du secret : on n'en parlait qu'à voix basse.

Simon avait une grande passion pour la littérature et a passé des années à s'offrir des ouvrages classiques reliés, numérotés et rares pour les enfermer dans son meuble. Aucun cambriolage jusqu'à présent n'a jamais touché à cette collection, preuve que les cambrioleurs d'ici sont particulièrement ignares, ou analphabètes.

A l'inverse, tous les magazines de couture et de mots croisés de la tante partent illico dans un sac qui menace de vite exploser sous le poids. Claudie referme les portes de la bibliothèque en noyer et laisse les clefs en place sur les serrures, histoire de ne pas avoir à les chercher immanquablement.

Dans le petit meuble en coin sont rangées les photos ; rangées est un bien grand mot car il y a des albums plus ou moins terminés, avec des espaces vacants d'où les photos se sont décollées, et des tas de photos sans classement, enfermées dans des enveloppes jaunies par les ans. Claudie a bien essayé d'y mettre un semblant d'ordre la veille, mais pas moyen, sans dates ni repères. La plupart des gens photographiés en noir et blanc lui sont inconnus. Là elle croit deviner Alice, petite, avec sa demi-sœur Denise, la grand-mère paternelle, mais elle n'est pas sûre. Il lui faudrait trouver une vieille bique du village pour lui préciser tout cela mais rien que l'idée de faire l'effort de contacter quelqu'un lui semble épouvantable et elle la repousse chaque jour. De toute façon il n'y a pas d'urgence. Des photos cela ne se jette pas, elle n'a qu'à les remettre en vrac dans le meuble et s'en laver les mains. En les replaçant une à une, elle essaie néanmoins de recréer sa famille, de mettre de l'ordre dans ses souvenirs.

Ses parents étaient enfants uniques, tout comme ses grands-parents maternels, qu'elle n'a jamais connus, et son grand-père paternel Jean. Seule sa grand-mère paternelle Denise avait une sœur, tante Alice, et encore une demie, une vraie famille recomposée ! A cette époque, les affres de la grippe espagnole ayant emporté sa première épouse, le boulanger du village, arrière grand-père de Claudie, se retrouvait veuf tôt, avec une fillette, Denise, trop petite pour être autonome. Il épousa donc en secondes noces, une veuve avec elle aussi une fillette en bas âge, prénommée Alice. Celle-ci fut une enfant choyée par sa mère ; l'autre, Denise, à cause de sa belle-mère, beaucoup moins... Il resta toujours un pli d'amertume sur les lèvres de Denise, qui ne souriait pas beaucoup même si elle aimait beaucoup les câlins. Alice par contre, sur la plupart des photos, apparaît hilare et gaie, sous ses gros nœuds ridicules dans les cheveux. Claudie ne se rappelle pas vraiment d'une personnalité si joyeuse mais en vieillissant il arrive souvent que les caractères se tempèrent. Elle ne se rappelle pas non plus ce léger strabisme que l'on retrouve sur tous les portraits de sa tante ; peut être a-t-elle subi, plus grande, une opération ?

Après les photos monochromes, arrivent les plus récentes où Claudie distingue plus facilement les acteurs. D'abord elle est souvent représentée au centre, entourée d'adultes plus ou moins vieux, ses parents, ses grands-parents. Les photos des Noëls, un peu tristes, les anniversaires, dans les bras de Jean, son papi qui la câlinait toujours, mais elle était si petite. Elle retrouve même des photos de ses parents vêtus de pantalons pattes d'eph à la mode de l'époque, ou couverts de gilets infâmes en peau de mouton. Claudie esquisse des sourires devant leurs accoutrements, eux qui s'enorgueillissaient d'être une famille moderne et aisée ! La mode, ça se démode si vite… Bien sûr aucune photo, de sa grand-mère et sa grand-tante ensemble, adultes. Claudie, même si elle n'avait que cinq ans, se rappelle encore l'enterrement de Denise et l'effervescence dans l'assemblée quand étaient apparus Alice et son Simon, Alice que le village n'avait plus vue depuis de si longues années.

Les grenouilles de bénitier avaient pris un air offusqué à l'église et les parents de Claudie leur air pincé.

Elle connaît à peine l'histoire, par les quelques bribes que ses parents lui ont données, rarement.

Alice avait connu Simon à Paris, dans le milieu du théâtre où elle exerçait son métier de manucure, vers la fin des années trente, au début de la guerre. Sa famille avait crié au scandale et refusé de le rencontrer : un rêveur avec la guerre qui se profilait, un juif oisif et riche, il devait trafiquer, un artiste ! Alors Denise était, pour une fois, venue à la rescousse de sa sœur, elle qui avait épousé Jean, un homme du coin, de la terre, avec l'assentiment des parents. Elle avait soutenu Alice contre tous, permettant ainsi au jeune couple, un mariage rapide et une fuite en Suisse. Mais après elle ne les avait plus vus ; au départ les deux presque sœurs s'étaient écrit, puis peu à peu, de moins en moins, puis plus du tout. Peut-être était-ce ce rejet que la grand-mère n'avait pu digérer et qui l'avait fâchée définitivement d'avec sa sœur Alice ? Bref les amoureux indésirables avaient vécu en Suisse de longues années, sans qu'on sache vraiment ce qu'ils faisaient, et n'étaient rentrés qu'à la mort de Denise, en 1980. A cette occasion, ils s'étaient approchés des parents de Claudie pour se présenter et annoncer leur décision de venir vivre leur retraite ici, dans le petit mas familial en ruines, devenu le leur.

Claudie se rappelle ce jour-là : elle est une enfant, déjà un peu godiche dans son vêtement de cérémonie noir, mais elle regarde ce monsieur et cette dame si beaux et élégants, qui lui sourient. Ils se ressemblent et se regardent avec dans les yeux un amour qu'elle n'a jamais vu dans celui de ses parents. Ils sont beaux, Alice et Simon….

Mais il est déjà tard et le ventre de la jeune femme crie famine. Même si son activité n'est pas intense, Claudie a toujours respecté le contrat repas : elle n'en saute aucun et se force à cuisiner un minimum. Un corps sain pour un esprit sain !

Alors elle pousse toutes les photos en vrac dans le meuble, entasse les vieux carnets de son oncle, gribouillés de pattes de mouches, et referme les portes avec un soupir de soulagement.

Pleine d'habitudes, déjà pour son âge, hop ! elle allume la radio et se prépare une petite omelette aux oignons à déguster avec un reste de soupe en sachet. Du coin de l'œil, elle voit une forme s'agiter sur la terrasse et la jeune femme fait un bond de surprise, manquant envoyer valser les œufs. La silhouette vient de toquer à la porte, le chien heureux posté derrière. Claudie ouvre, maintenant rassurée : c'est un gendarme, jeune encore, mais plutôt beau gosse. Le cheveu militaire, les sourcils bruns épais et une bouche aux lèvres pleines qui sourit.

– Bonjour ! Vous êtes bien mademoiselle Vielleux ? Excusez-moi de vous déranger mais je dois vous faire signer quelques papiers qu'on n'a pas pu vous présenter jusqu'à présent. C'est un collègue à moi qui s'occupait de l'enquête mais il est tombé brusquement malade et tout est resté en plan.

Claudie est totalement interloquée, elle ne comprend rien de ce qu'il lui raconte.

– Une enquête ?

– Ah ? Mais je croyais que vous étiez au courant… Madame Pichon ne vous l'a pas dit ?

– Si, si, maintenant je me souviens…

– Ne vous inquiétez pas, juste une formalité. Je me présente, brigadier Arthur Morino. On fait toujours une petite enquête quand une personne meurt un peu brutalement, comme votre tante…. C'est justement Brigitte Pichon qui nous a prévenus et on est venu constater le décès de votre tante avec le docteur mercredi ; après il y a eu mon collègue qui tombe malade et là-dessus une affaire sordide à régler. Je n'ai pas pu venir avant, désolé. Je vous présente toutes mes condoléances…

Il sort un stylo plus un paquet de feuillets dactylographiés de sa poche.

Claudie s'avance sur la terrasse et commence à lire les documents. Le gendarme caresse le bon gros chien qui a l'air trop heureux d'avoir enfin une marque de tendresse.

– Il est sympa votre chien ! Comment s'appelle-t-il ?

Claudie lève la tête de sa lecture, ennuyée :

– Euh, il s'appelle rien, ce n'est pas mon chien ; je l'ai trouvé devant ma porte et depuis il est là…

Elle reprend sa lecture de phrases ampoulées.

– Ah ? Mais il vous faut faire attention, il n'est peut-être pas vacciné. Il y a des choses obligatoires à faire lorsque l'on possède un animal, surtout un gabarit comme celui-ci. Il est peut-être classé dans la liste des races dangereuses… A votre place je m'en occuperais rapidement. J'ai déjà croisé des spécimens plus petits qu'il a fallu piquer. Vous savez qu'on n'adopte pas un chien errant comme ça, mademoiselle ?

Il y a comme un petit air de menace dans le ton et les paroles du jeune gendarme. Claudie n'avait même pas pensé à tout cela.

– En vérité je pense que son propriétaire va se manifester bien vite, car ce chien ne passe pas inaperçu n'est-ce-pas ? Dans le cas contraire je l'emmènerai chez le véto si besoin.

– Peut-être bien mais restez prudente.

Elle signe les quatre exemplaires carbone et lui tend son stylo. Toute cette paperasse pour conclure à une crise cardiaque, c'est commode.

La France, l'autre pays du papier…

C'est le moment que choisit le père Pichon pour faire son arrivée fracassante avec son tracteur. Il se gare comme un pied devant le portillon, coupe son moteur et descend en ahanant comme un bœuf, poussant son gros ventre devant lui. Il est comique avec sa casquette crasseuse qui a dû être bleue il y a bien longtemps et ses grosses moustaches grises. Il ouvre le portillon, lève les yeux et sans un regard pour Claudie se jette sur le gendarme quand il le reconnaît :

– Té le jeune Arthur ! Alors t'es de service ? Tout comme moi !

Et il s'esclaffe.

Claudie laisse les deux hommes à leurs retrouvailles et rentre dans la cuisine finir son repas. Sournoisement, elle les observe ; ils sont vraiment ridicules ces hommes à se taper sur le dos, sur le ventre. La jeune femme hausse les épaules et entame son omelette, enfin cuite. De toutes façons, elle n'a jamais rien compris à la gent masculine.

Son père, c'était l'image de l'autorité, un être froid et distant, toujours sérieux et calme, le type qui parlait en dernier dans les repas mondains et dont les paroles avaient valeur de vérité pour ses convives. On dit souvent que les jeunes filles recherchent pour compagnon, l'image de leur père. Claudie ne s'y est jamais risquée. Elle se demandait même comment il avait pu plaire à une femme, sa mère, comment ils avaient pu la concevoir, elle. La jeune femme revoit un couple soudé par les manières, par le mode de vie, mais jamais un geste tendre ou une main qui caresse, prémices à une certaine forme de sexualité. Il n'y avait pas de disputes non plus, ils étaient toujours d'accord. Peut-être est-ce là-dessus qu'ils avaient construit leur couple ? Mais leur vie lui semblait si triste et morne. Peu de rires, pas de fantaisie, une éternelle retenue. Etaient-ils timides au final ?
Claudie se revoit, les rares fois où elle sortit avec des garçons. Elle jetait toujours son dévolu sur des marginaux, des poètes, pour s'apercevoir très vite qu'ils l'ennuyaient, trop immatures. Elle n'a pas eu non plus une sexualité très épanouie ; elle peut compter ses aventures sur les doigts d'une seule main et conclure qu'elle n'a pas connu le grand huit décrit dans tous les journaux féminins. Mais existe-t-il vraiment ?

Elle mange lentement, le regard dans le vide, passant sur les meubles de cuisine, les poêles en cuivre pendues au mur, le carrelage ancien de la crédence, les tomettes au sol…

Finalement le gendarme s'en va : du vent !

Le père Pichon s'en tourne à sa vigne, enfin.

Mais qu'on est bien dans le calme et le silence…

Mal réveillé, parce qu'il a mal dormi, le grand maigre erre dans le village, le cerveau totalement embrouillé. Cette journée commence de travers. Il a même failli se ficher par terre place de La Peyre.

Au petit matin, il n'avait toujours pas le moindre bout d'explication à ses interrogations. Et c'est d'ailleurs toujours sur cette même question qu'il bute : pourquoi ?

D'habitude ses nuits portent conseil mais là c'est le vide sidéral. En se levant il a pensé qu'une petite marche lui débloquerait les idées, mais non. Il a juste trouvé une bonne migraine et des crottes de chien.

Voilà trois heures qu'il réfléchit en vain, qu'il n'entend rien.

A grandes enjambées il dévale pour la quatrième fois son itinéraire de réflexion : la rue Saint Anne, la place du Château, les escaliers du Portalet et le goulajou des Endettés. Il se fait l'effet d'un toxico en mal de came, les mains tremblantes.

En réalité il redoute de devoir abandonner, faute de savoir où chercher. Et pourtant il sent bien que cela urge. C'est maintenant qu'il lui faut la solution, sans quoi, il le sait, plus tard sera trop tard et trop tard signifie jamais, dans cette quête.

Il râle, il peste, mais il continue son errance dans les ruelles du vieux village.

Le journal de Mona 3

Des années en suspens, des années de nuit, avec pour seule lumière le sourire de Matéo. Depuis cet hiver funeste, depuis nos six ans, nous errions comme deux enveloppes de chair vidées de sentiments et d'expressions. Nos seules joies furent dans nos regards complices et nos sourires tendres, secrets. Nous avions fait la promesse sans mots, comme tant d'autres orphelins, dans les restes de nos petits cœurs d'enfants, de bannir l'abandon de nos vies, de rester ensemble quoiqu'il arrive.

Les institutions ont pourtant essayé maintes fois de nous dissocier, parce que les filles et les garçons ne doivent pas être mélangés en grandissant ; mais à chaque séparation, comme une seule entité, nous nous laissions mourir peu à peu. Et chaque fois alors, les Sœurs baissaient les bras, je retrouvais mon petit frère chéri, et mon cœur, et son cœur, se remettaient à battre, à l'unisson.

Des années de nuit et de silence. Nous n'avions plus ouvert la bouche depuis nos six ans ; jamais plus aucune parole n'a surgi de nos lèvres. Deux désespérés morts-vivants. Les instituteurs ont pourtant essayé sans relâche de redonner vie à ces deux petits pantins si calmes, mais finalement notre silence, notre résignation, notre sagesse ont vaincu le tout, nous laissant seuls, tous les deux, dans notre monde. Je me revois dessiner et peindre sur toutes les surfaces possibles, sous l'œil fasciné de mon cher frère ; des dessins étranges et sombres, des crânes grimaçants et des fruits pourris. Les instituteurs eurent peur, des mots savants de médecine furent prononcés mais je n'étais ni cruelle avec les autres ni même menaçante. Alors ils s'apaisèrent et nous laissèrent continuer à toute heure du jour. Deux rebelles immobiles.

Je sais que ce fut notre façon d'exprimer notre souffrance ; mais je revois aussi la belle image de deux enfants, l'un blond et l'autre brun, dans un champ, les blés ondulant sous le vent autour d'eux, les doigts mêlés dans le soleil, se suffisant l'un à l'autre.
J'ai eu froid, j'ai eu faim, mais je n'eus jamais peur durant toutes ces années.

Qu'en fut-il de Matéo ?

IV

Mardi, l'après-midi

Claudie termine son thé sur la terrasse, dans le rayon de soleil automnal, plissant les yeux dans les volutes de sa cigarette. Elle regarde sans le voir le père Pichon qui, rangée après rangée, scrute la vigne sous tous ses angles. « Il est gentil cet homme », c'est ce qu'Alice disait toujours, mais c'est aussi un ours, un grand timide. Il bosse à la voirie dans la semaine mais le week-end il revient vers sa passion, la vigne. Il en entretient plusieurs, de ci, de là, et toujours avec beaucoup de discrétion…

Claudie se rappelle soudain qu'il faut qu'elle téléphone au boulot et va chercher son portable : un appel vers Isabelle, sa seule véritable collègue de travail.

– Allô ? Salut, c'est Claudie.

– Claudie ! Comment vas-tu ? Pas trop dur ?

La voix fraîche d'Isabelle lui ravive le cœur.

– Bof non… Des souvenirs à la pelle qui remontent mais c'est normal. Je passe mes journées à trier et ranger… Rien de folichon tu vois. Ah, si ! Grande nouvelle : j'ai gagné un chien !

– Un chien ? Comment ça gagné ? Mais je croyais que tu les détestais… ?

– Ben y'a un chien qui est venu s'installer avec moi ; il a l'air brave et en plus cela fait parler tout le village. Comme ça ils ont enfin quelque chose à se raconter…

Isabelle éclate de rire

– Mais c'est quoi ce chien ? Un gros, un petit ? Il était à ta tante ?

– Non elle n'a jamais eu de chien… celui-ci s'est invité depuis deux jours et il est vachement gros mais style nounours… répond Claudie dans un sourire.

– Tu vas galérer si tu dois le ramener dans ton petit appart ! Bon soyons sérieuses : au boulot ça va on s'est organisé mais tu rentres quand ?

– Ben je sais pas trop en fait… Rien ne me retient mais en même temps tout. J'ai pas envie de rentrer pour l'instant…

– Mais tu rentreras bien un jour non ? Tu as une drôle de voix…

– Oui ne t'inquiète pas. Mais je sais pas, comme l'impression que quelque chose m'attend que je n'ai pas trouvé…

– Ahhh l'amour peut-être ? Petite cachottière ! Allez raconte !!!

– Non, je t'assure c'est pas ça, d'ailleurs y a que dalle ici. Sont tous ploucs, ou vieux ou crades. Tu connais l'Ardèche et ses baba-cools, très peu pour moi.

– Mouais… Bon, on n'est pas submergé par le boulot, mais voilà, j'ai pris l'habitude de bosser avec toi et tu me manques au final…

– T'es gentille. En attendant je t'embrasse et je te tiens au courant.

Le père Pichon passe dans sa vision et Claudie repense à Isabelle. C'est sa seule amie mais la réciproque est fausse. Isabelle c'est un bonheur, alors tout le monde la veut ; du coup elle connaît une foule de gens. Parfois Claudie se demande vraiment ce qu'elles ont en commun…
Mais elle croit savoir : elles sont indépendantes, toutes les deux mais pas de la même façon : Claudie en ronchonnant, Isabelle en riant. Célibataires toutes les deux, mais pas de la même façon : Claudie presque vierge, Isabelle multipliant les conquêtes sans jamais s'engager. Elles ont eu la même enfance : seules et des parents absents en sentiments…

Tiens ! le père Pichon fait mine de partir. Claudie se lève et s'avance vers lui ; il fait toujours comme s'il ne la voyait pas.
– Je pue peut être ? lui demande calmement Claudie, en élevant un peu le ton.
L'autre tourne la tête surpris et sans voix.
– Je veux dire, je ne suis pas transparente je crois… Il va falloir qu'on se voie vous et moi concernant la vigne… Pour le futur… Je ne sais pas ce que vous aviez convenu avec Alice.
– S'appelait pas Alice… marmonne-t-il dans sa moustache. J'ai pas beaucoup de temps aujourd'hui. On a bien signé queque chose dans le

temps avec votre tante, mais je sais pas… Le mieux si vous aimez les tracasseries, c'est de voir avec ma femme. Et puis ce chien vous devriez pas le garder, l'est mauvais comme la gale…

Et il s'enfuit, poussant son gros bide dans son tracteur qui démarre dans un bruit de tempête.

Charmant le bonhomme !

Claudie se demande ce qu'il voulait dire par : elle s'appelait pas Alice.

Mais voilà qu'elle frissonne ; elle rentre se mettre au chaud près de la cheminée. Elle termine de ranger le petit meuble avec les photos, où traînent encore quelques papiers de sa tante, mais rien d'essentiel à ses yeux. Bientôt dix-sept heures et elle se prépare un petit thé à l'anglaise…

La nuit va bientôt tomber et Claudie, dans son élan, décide d'aller voir la mère Pichon. Autant battre le fer tant qu'il est chaud ! Elle enfile sa doudoune, prend sa torche et se dirige vers le vieux village. Le chien la suit un moment mais tourne dans une ruelle à l'approche de la maison.

Les Pichon habitent une bâtisse étroite, enchâssée dans ses voisines mais pleine de charme. Dans la cuisine où madame Pichon, « mais appelez-moi Brigitte ! » la reçoit, cela sent bon la poule au pot et la confiture. Brigitte Pichon est une femme osseuse au visage maigre, le contraste absolu avec son mari, gras comme un patapouf. Elle a une masse frisottée de cheveux roux et un grand nez comme un bec d'aigle. Mais dans ses yeux brille une chaleur douce, la gentillesse. Elle a presque porté Claudie à bout de bras, durant les deux jours précédents, pleine d'attentions et de prévenance ; elle lui a ôté une sacrée épine du pied aussi à gérer les funérailles du début à la fin. Et comment la remercie Claudie ? Rien, le silence, pas un geste. La jeune femme s'en veut beaucoup mais elle continue de se taire, se mordant la lèvre. Elle a du mal avec les mots.

La cocotte se met à siffler sur la gazinière, sortant Claudie de sa torpeur. Elle tourne ses grands yeux dans tous les sens. Des petites planches de bois peintes à la main, représentant des décors naïfs de montagne, sont accrochées aux murs chaulés, les meubles rustiques en bois sombre sont brillants et cirés, la nappe à carreaux rouges est constellée de farine, les petits rideaux immaculés de dentelle aux fenêtres, la vaisselle de famille proprette en vitrine… bref on se sent bien, chez les Pichon. Le seul problème, ce sont les Pichon justement. Lui est vautré dans son fauteuil du petit salon. Il a jeté un regard quand Claudie est entrée mais ni bonjour ni rien, juste un râle et son visage s'est à nouveau tourné vers la télévision comme happé. Elle, elle a essuyé ses mains sur son tablier, pris Claudie dans ses bras et depuis elle n'a plus fermé la bouche une seule fois ! C'est l'archétype de la commère de village qui babille tellement que plus personne ne l'écoute, même pas le chat couché dans son panier. Claudie n'en finit plus de regarder partout, prêtant une oreille très distraite au babillage ; elle ne va pas agresser cette brave femme avec son histoire de papier en règle et ses questions, elle attend le bon moment.

– C'est vrai quoi, je me suis dit, toute seule là-bas… car c'est moi qui l'ai trouvée vous savez ? Comme je viens tous les mercredis après le marché avec ses courses…

– Je me rappelle de vous mais je ne me souvenais pas que vous veniez toutes les semaines, la coupe brutalement Claudie.

Mais la Brigitte reprend illico trop heureuse d'avoir du répondant en face, pour une fois :

– Ah mais cela fait des années ma p'tite ! Les courses, mais aussi le ménage et le chauffeur, les rares fois où votre tante se décidait à sortir ! Voyons, depuis quand ? Depuis le tout début de leur venue je crois…

Elle semble réfléchir, un doigt sur les lèvres et repart de plus belle :

– Vous ne me voyiez pas parce qu'en été quand vous veniez, j'avais interdiction de venir au mas les autres jours que le mercredi matin ! J'sais pas pourquoi mais votre tante elle voulait pas que je traîne avec vous-même enfant ? L'aurait dû changer d'avis car enfin bon, vous étiez petite au début et elle qu'a jamais eu d'enfants ! Moi j'en ai eu deux ! Et deux beaux garçons en plus ! Mais elle… Elle savait pas toujours ce qu'il fallait faire. Bon elle s'en sortait pas si mal finalement, car il vous est rien arrivé de fâcheux je veux dire…

Remarquez elle était gentille votre tante ; il fallait pas lui poser trop de questions et elle était têtue mais elle était honnête et j'ai jamais eu besoin de venir râler les jours de semaine pour toucher ma paye pace que c'était toujours fait en temps et en heure ! En plus les autres du village elles étaient jalouses et disaient un tas d'imbécillités parce que j'étais bien mieux payée qu'elles chez votre tante ! Ah ça elle était généreuse avec moi ! Et jamais un mot…

Et cela continue encore et encore.

Claudie soupire en silence, baille et boit une gorgée de thé car on peut le dire, la mère Pichon parle sans arrêt mais en même temps elle s'active : elle a déjà nettoyé la nappe, mis la table et essuyé ce qui reste sur l'évier ; la voilà qui attrape des serviettes, les roule et les pose à côté des assiettes, et elle continue toujours sur sa lancée :

– L'a été bien triste quand son mari l'est mort ! Vous avez pas vu ça ma p'tite demoiselle parce que vous étiez encore jeune. Tenez je crois que c'était en 82, l'avait pas beaucoup profité de sa retraite le bougre ! Hop une crise cardiaque et voilà, fini ! C'est pas comme votre tante, elle, elle avait la santé ! Je me souviens pour Monsieur Simon, pour son enterrement : qu'est-ce qu'elle pleurait Madame Alice… Elle voulait pas quitter le cercueil, elle se couchait dessus et hurlait des choses qu'on comprenait rien, là, que ça faisait pitié… Et puis y avait personne à l'enterrement car elle voulait pas : l'était pas vraiment pratiquante mais bon, les juifs, c'est pas comme nous, vont pas à l'église, ça se fait dans l'intimité. Alors y'a que moi et quelques bigotes du coin que j'avais ramenées pour pas la laisser seule, parce que votre tante elle faisait peine à voir : elle a pris dix ans d'un coup ! Souvent quand je venais pour le ménage elle me disait « à quoi cela sert ma vie, hein Brigitte ? Seule avec une part de moi-même dans la tombe… à quoi cela sert ? » Alors moi je lui disais qu'elle avait pas le droit de dire des bêtises pareilles, qu'il y avait vous, sa petite nièce ! Et là elle souriait et arrêtait de dire des fadaises. Elle vous aimait votre grand-tante, à sa façon, mais elle vous aimait…

Et la brave Brigitte Pichon essuie une petite larme au coin de son œil. Claudie a bien ouvert ses deux esgourdes car elle adore les histoires anciennes et la mère Pichon raconte bien, avec les trémolos qu'il faut. Mais voilà, il se fait tard, il va falloir en venir aux choses sérieuses.

– Justement, madame Pichon, ma tante a bien tout laissé en ordre mais pour la vigne, elle n'a rien écrit… Enfin je ne sais pas, mais on fait bien des papiers notariés pour les fermages ou un truc du genre… lance Claudie d'une petite voix.

Silence de mort.

La mère Pichon statufiée avec son torchon dans les mains et muette : une grande première. Plus rien ne bouge, encore moins l'auditoire.

Puis soudain, la Brigitte se meut lentement, se tourne vers Claudie et le doigt sur son front, s'écrie :

– Mais oui ! Il y a tout un ramassis de vieux papiers dans le garage ! Je me souviens qu'un jour votre tante m'a tout fait ranger là-bas parce que ça prenait trop de place dans la maison et comme c'est des papiers qu'on sort pas tous les jours… Vous trouverez un document qui s'appelle Acte de Je Sais Plus Quoi, mais en gros vous faites pas de bile, tout est en règle. Aussi ce grand couillon d'Hervé Pichon (et elle hausse la voix à ce moment pour couvrir la télé) ne s'en rappelle pas, parce qu'il a pas de cervelle !!! Et pourtant c'est lui qui l'a signé !

Et elle repart sur les hommes et leur nullité quand il s'agit de responsabilités….

Rassurée, Claudie se lève et prend congé de ses hôtes à grand renfort de râles masculins et de trémolos féminins. Non elle ne va pas rester pour le souper même si c'est très gentil. Oui elle a tout ce qu'il faut pour ne pas mourir de faim. Et non elle n'a pas peur toute seule dans la maison.

Elle leur serre la main une dernière fois et Brigitte retient sa main dans la sienne quelques instants :

– Vous l'avez vu ? chuchote-t-elle.

Interloquée, Claudie la regarde dans les yeux.

– Qui ça ?

– Le gros chien noir… hésite Brigitte.

– Ah oui ! Il s'est installé au mas. D'ailleurs si vous connaissez le propriétaire vous pouvez l'appeler pour qu'il vienne le récupérer… Mais vous croyez qu'il est méchant ? demande Claudie.

– Je ne sais pas, je ne crois pas… Il était là, vous savez, quand je suis venue ce mercredi. Il était là devant la porte d'entrée. J'ai eu peur d'abord en le voyant, mais il est parti au galop dans la vigne. Il ne semble pas féroce malgré sa taille, mais moi il ne me plaît pas… et elle adresse un dernier sourire à Claudie avant de fermer sa porte.

Claudie reste quelques instants devant le battant clos, interloquée, puis fait demi-tour et s'en retourne dans l'obscurité vers sa campagne.

Une chose est sûre : quand la mère Pichon réfléchit, le temps s'arrête !

Et toujours ce chien dans les discussions.

Dans sa bagnole, le grand maigre se tâte en se caressant le menton. Il est venu se garer là sans idée préconçue mais il doit bien admettre qu'il a eu du flair, sans savoir comment… Il réfléchit : est-ce qu'il doit aller frapper à la porte ? Et pour demander quoi au final ? A ce stade de son enquête il paraîtrait complètement fou s'il laissait sortir les mots de sa bouche, tant sa théorie est tirée par les cheveux.

Il suit du regard la petite silhouette féminine, engoncée dans sa doudoune, qui descend la rue. Comme un vautour silencieux qui guetterait sa proie.

Ses lèvres esquissent un sourire quand une deuxième ombre, surgissant de la ruelle voisine, vient rejoindre la jeune femme, en trottinant à ses côtés. Soudain, l'ombre animale s'arrête brusquement, se retourne comme fixant la bagnole et s'assoit tranquillement sur l'asphalte.

Le grand maigre se recroqueville dans son siège, pourtant c'est idiot, il sait bien que le chien, point minuscule dans l'obscurité, ne peut pas le voir de si loin. Mais il ne bouge plus lui non plus. Ils s'affrontent quelques instants du regard dans la rue humide : on dirait un mauvais western.

Alors le molosse détourne la tête et rejoint la petite silhouette qui a continué sa route, plus loin, en avant.

Le journal de Mona 4

Je me souviens de cette grande maison voisine de l'institution. La plupart du temps elle sommeillait, vide et les volets clos. Mais lorsque les habitants venaient y passer quelques jours, nous étions tous invités, pauvres petits orphelins, à prendre le goûter dans le jardin, le dimanche. Ces jours-là nous étions récurés de bon matin et vêtus de propre. Moi je ressentais comme une punition l'impossibilité de peindre : toutes ces heures perdues ! Mais je voyais mon frère si heureux et lumineux à errer dans les grandes pièces du château. Sans bruit, il avançait avec un léger sourire paisible sur les lèvres, et alors ma punition me semblait douce.

Nos hôtes furent d'abord très émus par nos deux petites personnes, mais peu à peu avec le temps, comme tous, ils se détournèrent, préférant les nouveaux, les plus petits, les plus accessibles, les réels.

C'est aussi pour cela que nous ne fumes jamais jalousés par les autres : il n'y avait aucun amour possible avec nous, nous avions le nôtre l'un pour l'autre et il nous suffisait. Il n'y eut jamais de demande d'adoption en notre faveur.

Malgré ce, la grande dame du château me fit la joie un dimanche de m'emmener à la ville avec Matéo, pour assister à une véritable exposition de peinture. C'était la première fois que nous quittions les lieux, loin, et c'était ma première sortie publique.

J'ai oublié les artistes représentés mais je me souviens du choc lorsque je passais le seuil de la salle. J'eus comme un vertige et Matéo me maintint par les épaules un long moment, me dirigeant doucement dans les allées d'une peinture à l'autre.

Ce jour là je sus vraiment ce qu'était mon don : il m'habitait toute entière et je ne pourrais plus jamais lutter contre.

Une malédiction...

Le soir lorsque je me couchais dans mon petit lit, mon frère vint me rejoindre, comme toutes les nuits. Sans mot nous serrâmes nos petits corps l'un contre l'autre, nos visages si proches. En silence il me comprenait ; je tremblais encore d'émotion.

V

Il est à peine dix heures et Claudie en a déjà ras le bol de ce marché. Pourtant, quand elle était enfant, c'était l'animation de la semaine : le marché du mercredi en plein centre du village, et ses quatre cents forains ! Bien entendu, en ce mois de novembre, ils sont moins nombreux mais aujourd'hui toujours trop à son goût : rien ne lui plait, rien à acheter. Il y a trop de monde, trop de bruit, tous se bousculent et se gênent, elle est soudain comme saoule. Même son nouveau compagnon à quatre pattes a préféré rester à la maison.

Elle se tourne vers la petite terrasse du café PMU et repère une table dans un coin, vide. Elle y fonce et s'installe au soleil de novembre, avec délectation. Un soupir de plaisir et elle commande un thé. En attendant sa commande, elle regarde autour d'elle avec des yeux curieux ; elle reconnaît de rares passants mais pour la plupart ce sont des inconnus, des personnes âgées qui font leurs petites affaires du mercredi et parmi les jeunes, beaucoup de baba-cools reconnaissables entre mille avec leurs vêtements cousus main.

Tiens là-bas il y en a quand même un qui sort du lot ! Il doit faire presque deux mètres de haut et

tout a l'air dégoulinant chez lui : ses frusques fripées encore trop grandes, ses bras interminables, ses longues jambes maigres, jusqu'à ses cheveux filasses qui lui arrivent au milieu du dos. C'est bien simple on dirait qu'il est passé sous une douche violente, tout habillé, avant d'arriver là ! De nombreux qualificatifs assaillent les pensées de Claudie : spaghetti, gobelin, poulpe, méduse,…
Et il se dirige droit vers elle.

Sans complexe le géant s'assoit à la table en lançant quand même un « puis-je ? » qui n'appelle pas de réponse. Claudie grogne mais le type s'affaire déjà à se rouler une cigarette. Pour se donner le courage de lui dire de partir, Claudie attrape son thé, boit une gorgée, et se brûle avec l'eau bouillante. Elle tousse comme une malheureuse, le visage d'un beau rouge coquelicot, tandis que son voisin termine sans broncher sa petite affaire. Vexée et en rogne, Claudie sort de sa poche une vraie cigarette parfaite, l'allume et lance sa première bouffée au visage du spaghetti. Les longs doigts du gobelin s'immobilisent dans leur mouvement, Claudie retient sa respiration et le temps s'arrête quelques secondes.
– Paraît que vous avez un chien, mademoiselle Chance ?
La voix est douce et profonde, agréable à vous endormir. Claudie ouvre la bouche tel un poisson mort et finalement articule :
– Comment…

Le temps reprend son vol, les bruits alentour renaissent.

– Je l'ai vu, je vous ai vus tous les deux…

Claudie fronce les sourcils ne sachant que penser. « Qui est ce grand escogriffe et qu'est-ce qu'il veut ? Qu'est-ce que cela peut lui faire l'histoire du chien ? Est-ce le sien ?». Elle s'énerve soudain :

– En fait il n'est pas à moi ce chien, et je ne sais même pas à qui il est… Est-ce le vôtre ? Mais comment vous connaissez Mademoiselle Chance ?!

Les fines lèvres du gobelin esquissent un vague sourire et Claudie se surprend à penser que sous sa crasse, sa maigreur et ses cheveux mal peignés, il a un beau visage avec des traits fins de fille. Ajoutons une voix chaude et puissante, un peu plus et il serait presque acceptable. « Mais là non ! De qui ou de quoi se cache-t-il derrière ses oripeaux et sa coiffure de méduse ? Est-ce un SDF ? Il a l'air de la connaître mais elle, le connaît-elle ? » Elle cherche, elle fouille sa mémoire mais rien ne sort.

Le gobelin spaghetti sourit toujours.

– Je vous connais depuis longtemps, mademoiselle Chance. Quand on est hors norme comme nous deux, on se repère vite parmi la multitude, pour un peu que l'on fasse attention aux autres…

Claudie écarquille les yeux, puis les plisse et finalement les ferme.

Elle revoit dans le lointain une petite figure maigre, une silhouette frêle… Un petit garçon blond comme les blés qui apparaissait près de vous lorsqu'on s'y attendait le moins, comme poussé par le vent. Un petit garçon aux yeux tellement pâles qu'ils en paraissaient blancs. Un petit garçon qui vous scrutait toujours grave, en fixant, sans ciller, que vous soyez adulte ou enfant. Un petit garçon au regard si étrange qu'on se demandait s'il était démoniaque ou tout simplement débile…

– Justin Petithomme ! s'écrit-elle en pointant son doigt vers lui avec un accent de triomphe dans la voix. « Même son nom est inadapté » pense-t-elle en même temps.

Et le spaghetti de partir d'un éclat de rire silencieux, qui remue tout son corps comme un grand tremblement.

– Tout juste ! déclare-t-il. Je me vante de savoir à l'avance beaucoup de choses, mais sur ce coup-là, je ne pensais pas que vous trouveriez ! Un point pour vous.

– Ah ? Nous sommes en joute ?

– La vie est une succession de joutes, n'est-il pas ?

– Bon, si vous voulez philosopher, très peu pour moi ! J'ai d'autres chats à fouetter.

Claudie commence à en avoir ras le bol de ce tête à tête forcé, et fait mine de ranger son sac prête à se lever et à partir.

– Désolé.

Petit silence.

– Le chien, là, il est important, reprend doucement la voix suave.

Claudie lève la tête l'air ennuyée :

– Mais qu'est ce qu'il a ce chien à la fin ?! Je m'en fous de votre chien ok ? ! Si vous voulez le reprendre, pas de soucis, venez le chercher !

– Du calme, Mademoiselle Chance…

Et la méduse gobelin se rapproche en baissant la voix tellement bas que Claudie est obligée de se pencher sur la table pour l'entendre.

– Il n'est à personne, et à tout le monde à la fois. Cela doit faire presque deux ans qu'on ne l'avait plus croisé dans le coin, mais il est revenu, pour VOUS.

Claudie attend, elle reste muette.

Un silence et il reprend sur le même ton :

– A chacune de ses apparitions, il y a eu un drame dans la famille où il s'est installé. C'est vrai qu'il est brave même s'il est impressionnant, mais… Il y a deux ans il accompagnait la famille Levanoir : il est parti après la pendaison du père. Auparavant il accompagnait la vieille Martin qu'on a retrouvée toute cassée et morte en bas de ses escaliers. Encore avant c'est le boucher, jeune veuf, qui était trop fier de nous montrer son chien jusqu'au moment où il s'est fait sauter la cervelle, et encore avant c'est une touriste qui campait dans le coin qui l'avait adopté ce chien. Peu de temps après on l'a retrouvée en mille morceaux au fond d'un ravin alors qu'elle partait tous les matins faire son jogging…

– C'est le chien Cerbère du dieu des enfers, c'est ça que vous voulez me dire ? répond Claudie.

– Certains ici pensent dans ce sens… Mais que je vous dise aussi : le père Levanoir qui s'est pendu a laissé une lettre dans laquelle il avouait des attouchements sur ses gamines. Après la mort de la vieille Martin, on a découvert dans l'une de ses innombrables maisons en ruine, une famille de Vietnamiens sans papiers à qui elle faisait payer un loyer astronomique pour une bicoque sans eau ni chauffage et dont deux des gamins sont morts faute de soins et d'aide de la vieille. Pour le boucher, le bruit a longtemps couru qu'il avait un peu aidé sa femme acariâtre à tomber en voiture dans le fossé, quinze jours après qu'elle ait souscrit une assurance vie en faveur de son cher époux. Enfin la joggeuse s'est révélée être à l'origine de plusieurs morts suspectes dans les maisons de retraite où elle bossait….

– Il y a une morale à votre histoire ? demande Claudie, maintenant pressée de partir. Elle se lève, met son sac à l'épaule et croise alors le regard si pâle du spaghetti gobelin méduse.

– Moi je penche plutôt pour le dieu de la justice, même si en général il n'a pas l'apparence d'un chien… Et alors je me demande : pourquoi mademoiselle Chance… ?

Justin la fixe sans sourciller. Claudie ne baisse pas les yeux mais elle hausse les épaules et se détourne, direction les commerces du village.

En chemin elle réfléchit mais rien de bon ne sort ; cette histoire n'a ni queue ni tête, comme tout ce qui lui arrive en ce moment.

Les voix du ciel sont décidément impénétrables…

Elle remonte la grande rue, la circulation est moins dense que dans ses souvenirs d'été, mais cela bouchonne quand même au départ du marché. Elle passe devant la pharmacie, le vendeur d'articles « pêche et chasse », le photographe, et entre chez le boucher. Difficile de faire son choix entre les andouillettes, les caillettes à la châtaigne et la poitrine de porc farci… Finalement elle opte pour deux tranches de jambon cuit. Puis elle ressort, traverse et entre chez le primeur.

Il n'y a pas grand monde, le marché attire les acheteurs hors des commerces locaux, le mercredi. Claudie choisit quelques légumes de saison et de belles pommes, une boîte d'œufs, deux pélardons et une bouteille de rouge Saint Saturnin, le vin du coin.

– Ah c'est un bon vin que vous avez pris là, mademoiselle ! Il est un peu jeune mais parfait ! Mais dites, cela va faire lourd tout ça. Vous avez une voiture, vous voulez aller la chercher ?

La caissière plantureuse a un grand sourire franc en empoignant les carottes et les pommes de terre pour les peser.

– Non, non, je suis à pied.

– Ah et vous allez loin ?

– Jusqu'au cimetière.

La femme stoppe un instant et perd son sourire.

– Vous logez chez madame Coliéni ?

– Oui, je suis sa petite nièce.

– Oh mais je vous avais jamais vue… Pas trop dur de cohabiter avec elle ? L'est pas toujours commode, hein ?

– Elle est morte, lance Claudie, laconique.

La caissière prend l'air contrit de circonstance et baisse les yeux, tout en rangeant les provisions dans une cagette en carton.

– Ah ben, j'vais pas dire du mal des morts, mais votre tante, là, elle était pas facile… Moi qui suis une fille du village, j'peux vous dire qu'elle avait pas beaucoup d'amis ici. Elle parlait qu'aux touristes et aux inconnus. Nous autres, c'est comme si on était transparents ! Remarquez, elle faisait pas du mal, on la voyait jamais au village…

Claudie pose la cagette, remet son porte monnaie dans son sac et lâche :

– Merci de vos sincères condoléances, madame, je vous laisse les légumes et le reste finalement.

Elle sort furieuse sur le trottoir, prend une bonne lampée d'air et repart vers le cimetière d'un bon pas, la tête haute, sans un regard pour quiconque.

« Non mais quelle conne ! »

Midi sonne à l'église et le soleil réchauffe la jeune femme sur son chemin. Elle n'a pas vraiment de peine mais elle ne comprend pas ce village, ses habitants et leurs phrases ou attitudes qui la blessent à chaque rencontre. Elle pense être un peu à fleur de peau, fatiguée, soupe au lait, mais surtout elle ne comprend pas comment tout en est arrivé là. Et elle repense à Justin Petithomme.

Claudie se revoit petite en train de jouer au bord de la rivière, près d'une mare d'eau à moitié croupie. Elle essayait d'attraper des têtards avec son épuisette, mais gênée par les galets elle n'en ressortait que peu ou alors ils finissaient écrasés sous les cailloux. Justin était apparu de nulle part, blanc comme un cachet et rachitique dans son petit slip de bain marine, et sans un mot il avait doucement pris l'épuisette des mains de la petite Claudie pour la poser sur le bord ; accroupi devant la mare, il lui avait montré en silence comment enfermer les pauvres bestioles dans ses mains pour les transvaser dans un petit seau. Apaisée et consciencieuse, la petite fille avait alors suivi le manège avec beaucoup d'attention et finalement réussi une belle pêche. Elle n'avait pas vu le temps passer, heureuse et tranquille, mais quand elle avait finalement rejoint ses amies, assises plus loin, celles-ci avaient terminé l'après-midi en la taquinant à propos de son nouvel ami. Les enfants sont cruels. Ils ont vite fait de mettre des mots durs sur les différences. Justin n'échappait pas à la logique. Christine et Christelle l'appelaient « le débile » et avaient tout un tas de théories farfelues sur sa vie privée. Elles commencèrent enfants, par le qualifier « d'extra-terrestre » pour finir bien plus grandes, par « enfant battu » ou « famille de drogués ».

Après cette première apparition, ils s'étaient croisés quelque fois chaque été. Mais Claudie était toujours en compagnie de ses amies et le petit

Justin, solitaire, fuyait les groupes bruyants. Parfois il la raccompagnait jusqu'à la maison de sa grand-tante après qu'elle avait quitté les autres enfants. Ils parlaient un peu du village et de ce qu'ils avaient fait chacun de leur côté. Elle lui racontait la fête votive et le marché. Lui parlait de grotte et de chauve-souris. Elle lui racontait les couples formés. Et Justin lui posait dans les mains le petit lapin qu'il promenait avec lui. Elle lui décrivait le collège et Montpellier. Il parlait de l'hiver passé dans le village et des ruelles glaciales. Claudie avait oublié ces moments entre eux, comme volatilisés de sa mémoire. Aujourd'hui ils lui paraissent tellement nets. Mais s'ils semblent empreints de poésie, le face à face de ce matin a tout gâché. Avec ses sous-entendus, ce grand dadais l'accuse d'elle ne sait pas bien quoi, mais elle se sent épiée, surveillée. Et tout le village de se réjouir de la mort d'Alice… Pourquoi ?

Elle fonce, butée, vers son havre de paix. Si ça continue, elle fait ses cliques et ses claques plus vite que prévu et fuit le patelin et ses habitants insupportables.

Elle se calme peu à peu en arrivant à la maison. Et là tout au bout de la rue, devant son portillon, il y a le bon gros chien, assis sur l'asphalte, qui l'attend.

Justin fait la moue. Il n'a pas bien géré la rencontre. En même temps, il a toujours été maladroit pour converser avec les gens. Il s'en veut un peu, car s'il semble que Mademoiselle Chance ne court elle-même aucun danger direct, il aimerait bien comprendre ce que le chien vient faire dans l'histoire…

Il sourit tout de même en se remémorant les yeux noirs de rage de la demoiselle. Cet air sauvage et résolu qu'elle a alors… cela lui va plutôt bien.

Il la revoit petite, timide, se cachant derrière les autres mais l'œil vif, curieux. Elle n'en perdait pas une miette, mais elle avait le chic pour qu'on l'oublie, qu'on ne la devine pas. En vieillissant, elle fait plus sûre d'elle bien entendu, mais au fond la petite boulotte timide est là, cachée sous la carapace froide.

Et lui, comment a-t-il vieilli ? Petit, il était chétif, maladif et hors normes, tant physiquement que psychologiquement. Les autres enfants l'ennuyaient et le sentant, ils se moquaient facilement de lui. Mais Justin n'en avait cure. Il continuait son chemin, comme il le voulait, sans entraves, sans restrictions comme tous ses camarades, couvés de leurs parents. Oui Justin se sentait libre et aujourd'hui il l'est toujours. Libre d'attaches, libre de voguer selon ses envies, libre de pensées, libre d'action. Non, finalement, il n'a pas beaucoup changé, il a juste grandi physiquement…et les contes le passionnent toujours autant.

Il va falloir qu'il change son fusil d'épaule et qu'il recontacte la Baleine pour d'autres recherches sur le net. Mais à chaque fois, cela lui coûte un bras.

Il est certain depuis la veille que c'est bien son chien, celui qui le nargue depuis tant d'années, celui auquel personne ne fait attention, celui qui erre dans la région depuis longtemps, fil rouge de tant de drames. Il n'a jamais pu l'approcher vraiment car le molosse le fuit comme la peste. A chacune de ses approches, il n'a pas montré les crocs mais il est parti, tranquillement, en trottinant, ignorant avec superbe le jeune homme.

Et ça aussi c'est bizarre pour un chien.

Le journal de Mona 5

Finalement je devrais remercier l'institution Sainte Odile, car sans elle, que serions-nous ? Au fil du temps, mon frère et moi sommes devenus deux mascottes ; d'une part parce qu'aucune famille n'a cherché à nous adopter et d'autre part car nous étions tous deux très singuliers.

Nos maîtres nous disaient intelligents mais notre mutisme ne nous permit pas d'évoluer selon leurs désirs, alors peu à peu ils se détournèrent de cette idée, de cette envie de nous pousser plus haut. Matéo, dès qu'il sut déchiffrer les lettres, se mit à dévorer les livres. Il lisait tout, des recettes du journal aux poèmes de Ronsard, et sa soif de lecture semblait inextinguible. Les instituteurs peinaient beaucoup à satisfaire ce besoin au jour le jour, empruntant beaucoup et achetant peu, les deniers de l'institution étant infimes.

Pour ma part, mes mains couraient sur chaque surface qu'elles rencontraient pour les couvrir de dessins ; quand on en eut assez de mes affreux sujets, on décida de me fournir des images pour que je puisse copier et m'inspirer des grands peintres classiques. Je travaillais beaucoup et peu à peu fis des progrès énormes ; alors après les craies de couleur, on me fournit des crayons puis des pinceaux et de la peinture. Comme une demeurée je passais des heures à copier l'image nouvelle, couchée sur ma feuille, les cheveux fous jusqu'à ce que l'on me sorte de ma torpeur en m'agrippant le bras de force. A mes côtés, Matéo lisait sans bruit.

Les premiers mois il y eut de grands conciliabules pour savoir quoi faire de nos lubies. Puis peu à peu cela devint récurrent et banal.
On oublia...
On nous oublia.

Les jours passaient et pour eux, se ressemblaient.

Pas pour nous, dévorés par nos fièvres.

VI

Mercredi, l'après-midi

Premier constat : Claudie a bien rangé la maison mais pas le garage ; il lui faut y trouver les autres papiers importants pour clore le dossier succession et partir d'ici le cœur léger.

Après un repas frugal avec le chien aux pieds, dans la maison à présent, le gros chien maléfique, elle se dirige vers les portes du garage, munie de son énorme trousseau de clés : il y a tous les styles de clés sur cet anneau ! Elle se sent un peu Sherlock à chercher celle qui lui ouvrira la porte de la caverne d'Ali Baba. Tiens, celle-ci est bien commune mais voilà, elle tourne dans la serrure. Les grandes portes de bois sont un peu gonflées de l'humidité récente et l'herbe a trop poussé, Claudie doit forcer comme une démente pour les ouvrir. Elle allume la lumière et regarde partout, le nez retroussé. Cela sent le vieux rat crevé et les toiles d'araignées tapissent le plafond voûté. Partout de grands draps recouvrent les meubles et autres objets entassés, donnant à la pièce encore plus de mystère.

Claudie et le chien entrent ensemble dans le garage et la jeune femme ôte peu à peu tous les tissus. Ce faisant elle dérange les souris du coin que le chien s'amuse, sans un son, à chasser mollement.

Claudie soupire : elle croyait avoir fini son tri et ses trajets vers les poubelles, mais non et au contraire, il va falloir trouver la déchetterie du coin !

Elle retrousse ses manches et peu à peu transporte dehors tout ce qui semble pourri ou inutile. Les panneaux de bois injurieux et la plupart des vieilles chaises cassées finiront dans la cheminée, mais il lui faudrait un homme fort pour à coup de hache les débiter en petits morceaux… Encore un inconvénient à sa solitude…

De la vaisselle dépareillée, des torchons et des serviettes dans un des meubles dont le jumeau se trouve dans la salle de bain en haut ; Claudie en referme la porte avec un soupir de lassitude. Ici des paniers en osier percés et une grande bassine en cuivre. Là, un vieux tourne-disque, une valise vide en carton, des boîtes à chapeau cassées, une malle en osier abritant le cadavre d'un gigantesque lézard momifié,… bref le tas de choses à jeter devant le garage grossit au fil des heures. Et Claudie avance pas à pas dans la pièce. Elle a commencé par les petites choses mais peu à peu les meubles se font plus lourds, plus imposants, presque gigantesques dans ce chaos silencieux. Elle imagine sa tante et son oncle mettre au rebut les vieux buffets branlants au fond, puis une table et un guéridon devant ces grands meubles oubliés, sa tante seule porter les chaises mal paillées puis, plus vieille et courbée, les paniers et les torchons moins lourds, juste à la porte. Aujourd'hui Claudie fait le chemin à l'inverse.

Encore des verres dépareillés ou des plats inutiles dans le vaisselier dont le modèle revient à la mode ces temps-ci. Dans un buffet encore en très bon état, des trente-trois tours dont les noms des artistes sur la pochette ne lui disent rien. Un vieux coffre en bois rejette, en explosant presque, un monceau de lettres enrubannées, dont l'adresse sur les enveloppes est devenue illisible, fanée par le temps... Un vieil album de photos noir et blanc, à moitié mangé par les souris, et une boîte en métal volumineuse contenant enfin les fameux papiers que Claudie recherchait. Elle prend la boîte et les lettres, et fait le tour de la maison pour aller les poser dans la cuisine. Le chien qui avait disparu quelque temps l'accompagne en trottinant. Le ciel est radieux de sa lumière froide et Claudie se sent bien.

Presqu'au bas des marches du perron, Claudie avise le chien qui stoppe net, humant l'air de sa truffe, la gueule fermée. Claudie jette un œil alentour et aperçoit au loin, sur la route qui vient du village, la grande silhouette de Justin, le spaghetti humain aux cheveux de poulpe, reconnaissable entre toutes. Elle entre dans la cuisine, pose son fardeau sur la table, réchauffe son thé au micro-ondes et allume sa clope en sortant sur la terrasse, juste au moment où la grande carcasse dégingandée s'arrête au portail. Le chien assis dans l'allée ne bouge plus.

– Vous m'attendiez ? lance Justin. Comme c'est aimable à vous deux !

Il ouvre le portillon et s'approche du chien à pas de velours. Ce dernier lève la tête vers le géant, se met sur ses pattes et s'en approche doucement : alors Justin caresse le chien, le visage inondé de joie bien visible.

– Je passais m'excuser pour ce matin, mes manières brusques et voir si vous aviez besoin d'aide ?

Claudie sourit, l'œil malicieux, et descend les marches presqu'en courant.

– Suivez-moi ! lui lance-t-elle en passant en trombe devant lui, direction le garage.

Justin et le chien lui emboîtent le pas, l'un perplexe et l'autre pas. Elle les mène devant le tas qu'elle a formé à l'arrière de la maison et dans un grand mouvement de bras théâtral s'écrie :

– Voilà !

Et elle se dit avec un petit sourire narquois, qu'il comprendra sa douleur d'être venu pour l'aider. Mais sa muflerie tourne court devant l'hilarité du géant. Il a son grand rire silencieux qui le secoue comme un tremblement.

– Bon ok, j'ai compris ! Je vais chercher ma voiture et je vous débarrasse de tout ça. Vous verrez, je n'en ai pas l'air, mais ce soir ce sera nickel.

Et il fait demi-tour illico, suivi de près par le bon gros chien. Ces deux-là font la paire se dit Claudie.

Elle s'en retourne alors vers la cuisine. Son thé est froid, mais dans sa hâte à fouiner dans les vieux papiers, elle l'oublie et s'installe confortablement dans la salle à manger.

La boîte métallique contient de vieilles quittances d'électricité, de téléphone et les feuilles d'impôts des trente dernières années, avec écrit dans un coin au crayon le numéro du chèque et la date de paiement. Elle avait vraiment une écriture de fourmi la tante !
Elle découvre aussi diverses factures pour des réparations ou des appareils électroménagers achetés, les feuilles de remboursement maladie, le livret de famille vide d'enfants et les relevés de compte, enfin toute la paperasse accumulée ici depuis que la vie s'y est installée. En revanche, nulle fiche de paie, ce qui étonne à moitié Claudie puisque son oncle et sa tante étaient alors en retraite, une retraite aisée si l'on en croit les premiers relevés de banque ! Mais peu à peu, le pactole semble s'atténuer, et sa tante sur ses vieux jours vivait chichement. La jeune femme cherche encore au fond parmi les vieilles factures pliées et trouve enfin son bonheur, le fameux acte de fermage signé du 03 novembre 1980, par Alice Coliéni et Hervé Pichon. La Brigitte a la mémoire lourde !
Claudie entend le portail du côté s'ouvrir en grinçant, elle qui le croyait fermé à clef. Elle jette un œil par la fenêtre et aperçoit Justin qui entre au

volant de son vieux break, guidé dans ses manœuvres par le père Pichon justement. Les deux hommes tracent tout droit vers le garage, et Brigitte Pichon déboule dans la maison, devancée par son éternel babillage :

– Hou !hou ! Où êtes-vous cachée ? Ah vous êtes là ! Justin est venu toquer à la porte, il est bien brave ce garçon, et avec Hervé on s'est dit qu'on pourrait venir nous aussi ! Les hommes à deux iront plus vite et moi je peux vous aider dans la maison, c'est toujours triste ces choses-là. Mais vous avez tout bien rangé ?! Votre tante serait heureuse, la pauvre femme, elle avait sa manie de toujours tout ranger, fallait que ce soit parfait ! Ah vous avez trouvé le papier ? Si vous voulez, il est un peu vieux, nous pourrions le refaire, vous savez, j'en ai parlé avec mon Hervé. L'est pas un mauvais bougre mais l'est grognon et je l'ai raisonné, je lui ai dit : Hervé faut pas brusquer la petite demoiselle, elle est sûrement triste de ce qui arrive et toi tu fais ton malotru et ta tête de cochon, avant de réfléchir que ça changerait rien tu vois. Pace que ça changerait rien, hein ? Mon Hervé il aime bien travailler dans cette vigne… bon sauf si vous vendez la maison, je sais bien qu'il nous faudrait arrêter mais tant que mon mari vient ici, il peut jeter un œil sur les lieux parce que vous savez y a toujours eu des cambrioleurs ici, même si parfois on se demande comment ils se renseignent car y'a vraiment rien à voler. Même que votre tante elle faisait attention à la dépense et d'ailleurs elle dépensait rien à part ma paye et trois courses!

Claudie aurait presqu'envie de se boucher les oreilles mais elle se retient. Elle profite d'une pause dans le verbiage pour proposer un thé, il n'est que seize heures.

– Ah mais volontiers ! Voulez-vous que je m'en occupe ? Vous avez l'air un peu fatiguée ma jolie demoiselle… Vous savez je connais la maison comme ma poche, pensez, même qu'à la fin je venais presque tous les jours, pas pace qu'elle le voulait, mais j'aimais bien votre tante et ça la rassurait. Et puis cette maison est si agréable, isolée et grande, calme et tranquille ; tenez, on s'installait sur la terrasse toutes les deux et on discutait du bon vieux temps…

Claudie sourit en douce car elle imagine bien la scène : Brigitte qui parle, qui parle et sa tante qui se tait, perdue dans ses pensées. Elle entend madame Pichon qui trafique dans la cuisine tout en parlant, et elle attire vers elle le gros paquet de lettres. Les premières sont écrites en violet sur papier bleu, d'une écriture ronde enfantine à grosses lettres, et Claudie s'amuse à les ouvrir une à une pour les lire.

7 juin 1938

Cher Monsieur,
Je vous écris afin de vous remercier pour la charmante soirée que j'ai passée grâce à vous ; je n'avais pas vécu depuis longtemps de moments

aussi plaisants. J'ai bien peur d'avoir été quelquefois maladroite, car vous le savez maintenant, je viens de la campagne et n'ai pas reçu une aussi brillante éducation que vous-même. D'avance je voudrais m'excuser si vous m'avez trouvée un peu naïve, perdue au milieu de tous ces mondains que je ne côtoie jamais.

Vos fleurs sont merveilleuses et dégagent un parfum délicieux. Je ne sais comment vous remercier, mais peux vous proposer de venir boire un café dans ma modeste chambre ce vendredi prochain. J'espère de tout mon cœur que vous accepterez, je n'ai que peu d'amis sur Paris.
Avec toute ma reconnaissance, Alice.

Et suit une signature invraisemblablement emberlificotée. Claudie s'amuse comme une folle à imaginer sa tante dans sa petite chambre de bonne mal éclairée, attablée devant la petite table de bois, recopier sa lettre après moult ratures. Quoique non, sa tante écrivait quelquefois devant elle et n'avait jamais besoin de brouillon. Mais que son écriture a changé !

28 aout 1938
Mon cher Simon,
Je vous envoie un petit mot doux de l'Ardèche où je suis venue passer quelques jours à l'occasion du mariage de ma demi-sœur Denise. C'est un jeune homme sérieux et honnête qu'elle a épousé et je

suis fière d'elle. Je sais bien quant à moi qu'il me serait impossible d'épouser un homme d'ici. Avoir vécu à Paris, même si je ne suis que manucure, m'a ouvert tellement de portes sur le paradis que dans mon village d'origine je me sens étouffée et surveillée en permanence ! Ce n'est pas le cas bien sûr mais la liberté est tout autre dans les grandes villes. Et puis ici il ne se passe rien, à part la fête de la châtaigne, et tout banquet finit incorrigiblement de la même façon : beuverie pour les hommes et vaisselle pour les femmes... Non, ma vie n'est plus ici. Je rêve de liberté, de voyages, d'aventures !

Mon Dieu quelle triste lettre que voilà ?! Je ne sais plus si je dois vous l'envoyer ?

Mais si, votre adorable sœur Sarah m'a bien recommandé de tout lui décrire sur ma vie ici ; alors je vous adresse cette lettre à tous deux, elle servira d'introduction à l'une de nos charmantes conversations !

Je vous embrasse fort tous les deux et trépigne déjà d'impatience à vous retrouver !

> *Bien affectueusement, Alice.*

Claudie ne se souvient pas de cette Sarah ; elle croit bien même que jamais sa tante ne l'a mentionnée...

C'est le moment que choisit Brigitte Pichon pour faire son entrée fracassante, munie d'un petit plateau argenté sur lequel repose la théière fumante, le petit pot de lait et même quelques biscuits secs trouvés on ne sait où.

– Ah vous lisez la correspondance de votre tante ? Longtemps elle a aimé la relire elle aussi, après la mort de Monsieur. Mais les dernières années elle ne voulait plus en entendre parler ! Elle m'avait demandé de tout détruire dans le feu, mais pas possible, c'est un crime ça ! Alors, hi hi, je n'ai rien dit et j'ai tout caché dans le garage ! J'avais presqu'oublié ! C'est beau non ? Parfois votre tante me lisait quelques passages… pas ces lettres-là, non, les blanches écrites par feu son mari. C'est vrai qu'il écrivait bien vous verrez…

– Mais ma tante fait souvent allusion dans ses lettres à une sœur de Simon, Sarah ? Je suppose qu'elle ne vit plus, sinon je le saurais…. Ma tante vous a-t-elle parlé de cette femme ?

– Jamais !

Et sur ce mot crié comme une injure, la Brigitte repart vers la cuisine ; elle stoppe à la porte et ajoute dans un petit sourire malicieux, la voix radoucie :

– Je vais voir où en sont nos hommes car il vaut mieux une femme pour superviser !

Claudie reste interdite, parfois elle ne comprend pas les gens.

Qu'a-t-elle pu dire pour fâcher ou vexer la mère Pichon ?

Mystère et boule de gomme.

30 novembre 1939

Mon Amour,

Je te quitte à peine pour aller me coucher mais je prends quand même ma plume. Je crois bien que je ne pourrai pas dormir ce soir tant je suis inondée de bonheur !!! Ta demande m'a émue aux larmes, moi qui ne rêvais pas de pareil bonheur, même dans mes rêves les plus doux... Je suis sur un petit nuage, je chante, je danse, si tu savais... Je ferai tout pour toi, tu es devenu mon bien le plus précieux, une moitié de moi.

J'espère aussi que cette décision sied à ta sœur car lorsqu'elle est partie par le petit escalier de service, pour nous laisser seuls, toi et moi, j'ai bien remarqué qu'elle pleurait et n'a pas voulu de mon réconfort. Sache que je ne ferai jamais rien contre elle et que je ne la chasserai pas non plus de ta vie, vous êtes complices depuis si longtemps, et vous deux plus que quiconque, à cause de votre naissance unique. Je tiens à ce que tu la rassures réellement de mes intentions, elle pourra vivre avec nous jusqu'à ce qu'elle-même décide de partir vivre sa vie.

Mon Dieu que je suis heureuse !!! J'ai envie de crier au monde mon bonheur, mais le monde dort et je devrais faire de même pour la journée de demain. Je t'embrasse, du bout des lèvres, comme tu le fais si poétiquement, à chaque fois.

Ton Alice

Une naissance unique ? Qu'est ce que cela peut bien vouloir dire ? Claudie est encore plus intriguée par le fantôme de la sœur, Sarah. Mais qui pourrait lui en parler à part la mère Pichon qui semble ne rien savoir sur la question ? Et que de Mon Dieu dans les lettres de sa tante ! Claudie n'en revient pas de toute cette bondieuserie ! Comme les gens changent avec le temps… D'ailleurs sa tante s'est convertie au judaïsme : pas de Christ sur la croix ici, ni d'image pieuse, mais plutôt des candélabres à sept branches, petits et grands un peu partout…

22 décembre 1939

Mon amour,

Je ne peux m'empêcher de t'écrire tant mon corps tremble de honte et de colère. Ils m'ont brisé le cœur ! Ce soir j'ai annoncé ta prochaine visite à mes parents pour qu'ils te connaissent enfin, depuis le temps que nous nous fréquentons, et surtout pour leur dire notre décision de nous marier. Si tu savais les mots qu'ils ont osé dire ! Mon Dieu que j'ai honte qu'ils soient mes parents ! Ils menacent de me garder ici, enfermée dans la maison… Mais je ne les laisserai pas faire ! Je te promets que je te rejoins d'ici quelques jours : ma sœur Denise, émue de toute cette tempête, m'a consolée et promis de m'aider si mon amour était sincère. Oh comme il l'est, mon amour, Mon Amour…. Je pense à toi et aux dangers qui te guettent, je pense à ta famille éparpillée, je pense à tes parents morts et ta sœur si douce. Mon amour, je ne te laisserai pas tomber, je ne pourrais pas vivre sans toi, loin de toi et tant pis si la guerre nous soucie, je t'aime et je veux t'accompagner de tout mon être, de tout mon cœur sur le chemin de ta vie, de notre vie. Je t'en conjure, ne te soucie de rien. Ils veulent me déshériter, la belle affaire, tout cela parce que tu es juif !!! S'ils savaient comme tu t'en fiches ; et puis tu n'as pas choisi cette confession n'est-ce pas ? Comme ils me semblent rustres et arriérés comparés à toi l'homme de lettres, l'artiste qui me conte tant d'histoires merveilleuses de ta voix douce... Comme tu me manques... Déjà deux jours loin de toi et tout me semble mesquin et ennuyeux ici. Je repense à Paris, à notre vie de petits riens si plaisants, à votre joie malgré les restrictions, à nos baisers... Je t'aime tant !!! Je reviens mon Simon, je reviens vers toi ...

Ton Alice qui t'aime de tout son cœur

Claudie sourit ; elle n'imaginait pas sa tante aussi passionnée et enflammée ! La lettre de la princesse enfermée dans sa tour, à son prince charmant. La guerre devait être bien entamée en décembre. Il faudrait qu'elle révise ses manuels scolaires ou se renseigne mieux sur Internet. Elle réfléchit et ne se souvient pas non plus de telles lettres écrites par elle-même à un amoureux, mais bon, elle ne croit pas non plus avoir vécu de réel amour, même adolescente.

Sa tante Alice ne mentionne plus autant la sœur non plus. Va savoir, avec la guerre, ils ont pu être séparés, ou alors l'annonce du mariage a fait fuir Sarah loin et pendant la guerre, tant de choses peuvent avoir eu lieu…

Les autres lettres bleues sont du même style et le prénom Sarah n'apparaît plus. Claudie les parcourt en vitesse, tantôt souriante de tant de mièvrerie, tantôt étonnée de découvrir une Alice aussi fofolle. Denise a rempli sa mission en aidant le jeune couple à fuir vers la Suisse, malgré les innombrables dangers de la guerre de ce côté de la France. Une dernière lettre sur papier bleu adressée cette fois à Denise justement, et Claudie se demande comment la lettre a atterri dans cette boîte ?

12 juin 1941

Chère Denise,

Je brave toute interdiction, et de la guerre et de mon mari, pour t'envoyer finalement un peu de nos nouvelles. Sache que tout s'est bien passé même si notre voyage à travers les frontières fut un vrai calvaire. Simon avait pu envoyer auparavant un certain nombre de ses biens jusqu'en Suisse, mais nous n'étions pas sûrs qu'ils soient effectivement arrivés. Nous, nous sommes partis sans bagages, avec juste les vêtements que nous avions sur le dos et dans lesquels j'avais cousu le reste de ton argent et des économies de Simon. Ce fut très inconfortable mais je crois que j'étais tellement fière de m'appeler Madame Coliéni que je ne me suis rendue compte de rien ou presque! Nous nous sommes mariés le matin en vitesse dans la petite mairie de Clichy et quelques heures après nous partions cachés dans un camion, et puis il a fallu marcher dans la montagne plusieurs jours ! Je ne peux pas t'en dire davantage au risque de mettre en danger les gens qui nous ont fait passer. Sarah et Simon étaient très dignes et je l'avoue, je me suis laissée guider par eux comme un petit mouton. Ici nous avons été accueillis par d'autres réfugiés juifs qui nous ont trouvé un toit et du linge. Toute la communauté fut adorable et prit bien soin de notre jeune couple. Bien sûr il est hors de question de montrer notre confession juive ! Je suis la seule à pouvoir mettre en avant la petite médaille de Marie en or, que je porte au cou depuis que tu me l'as offerte. Il n'y a que Sarah qui m'inquiète car elle ne sort pratiquement jamais de la petite chambre que nous lui avons aménagée dans notre logement. Elle parait traumatisée par notre fuite et vit cachée dans ce réduit dont il a fallu masquer la porte par un grand tableau. Depuis plusieurs mois que nous vivons là, j'ai repris mon activité de manucure, ce qui me permet de ne pas trop réfléchir et je m'occupe des femmes du coin qui me paient en aliments ou en tissus. Sarah, d'ailleurs, a développé un don pour la couture et s'active à coudre tout notre linge avec aisance. Je porte des toilettes merveilleuses pour l'époque grâce à elle. Mais elle ne sort plus, marchant seulement dans la maison, et encore si les rideaux sont tirés : c'est comme si elle voulait que l'on oublie sa présence ! Je me demande parfois si elle ne fait pas un peu de mélancolie… Mais bon on peut la comprendre… Je crois que je suis totalement insouciante pour ma part.

Simon a noué à nouveau des contacts avec les gens du monde des arts d'ici, se cachant d'être juif bien entendu, et il rencontre beaucoup d'écrivains et de peintres. Je t'ai déjà dit comme il parle bien avec le beau monde, et sa compagnie est recherchée ! Je ne l'accompagne jamais car il faut que je reste avec Sarah mais ces heures tranquilles dans notre petit logement ne me déplaisent pas. De temps en temps il rapporte des tableaux à la maison, des grands ou des petits mais pour ma part je les trouve affreux. Comme je n'y connais rien, je me tais. Enfin tout ceci pour te dire que je vais bien et que tu ne dois pas t'inquiéter.

J'espère que papa et maman sont en bonne santé. Je ne pourrai bien évidemment pas vous communiquer d'adresse, Simon et Sarah seraient alors en danger, mais tu leur diras que je les aime malgré tout, que je pense bien à eux et que je suis heureuse dans ma nouvelle famille. J'espère très bientôt, quand cette maudite guerre sera finie, venir te voir et les embrasser. Je pense bien à toi et j'espère de tout cœur que tu es heureuse…

Bien affectueusement, ta sœur Alice.

C'est fou comme on a l'impression qu'elle vivait sur une autre planète cette Alice ! En Suisse, encerclée par la guerre de toutes parts, ben non, elle se régale de robes et de manucures… Quant aux tableaux ce doit être ceux de la chambre, qu'Alice a gardés par amour de son Simon mais qui sont bien affreux, si sombres ou alors juste crayonnés, comme mal finis ?

Claudie range tout le courrier et la paperasse et sort rejoindre les trois autres au garage : après un second voyage à la déchetterie, il ne reste plus rien devant la grande porte. La jeune femme avise Brigitte qui furète dans le fond du garage à trier de vieux torchons et quelques nappes…

– Oh si vous saviez les belles trouvailles que je fais ici ! Je n'avais jamais ouvert ce placard… Votre tante gardait un linge merveilleux avec une dentelle si fine que c'est un péché de laisser là ces beaux draps et ces belles nappes ! Non mais regardez-moi cela !

– Vous savez, je n'y connais rien mais si cela peut vous faire plaisir, vous n'avez qu'à les prendre ces draps et nappes. Personnellement, que voulez-vous que j'en fasse ? répond Claudie qui jette un œil stupide sur le linge blanc et lourd dont les contours sont brodés et agrémentés de dentelles surchargées aux motifs géométriques

– Mais c'est un cadeau merveilleux que vous me faites ! Et j'en prendrai grand soin… cela me rappellera votre tante. Je ne savais pas qu'elle avait de tels trésors. Oh je me doutais bien au début de leur arrivée qu'ils étaient bien riches mais tant de choses ont changé peu à peu et surtout à la mort de votre oncle… Je crois bien que votre tante n'a jamais vraiment travaillé. Elle disait bien que dans sa jeunesse elle était manucure mais elle avait des mains tout abimées par le jardin qu'elle adorait et surtout déformées par la couture et la peinture, car ça, elle savait coudre et peindre ! Mais quand on voyait ses mains, on n'avait pas envie qu'elle vous fasse la manucure ! Merci ! Merci de votre beau cadeau, oh je suis toute émue !

Et la mère Pichon verse une larmette. Claudie n'en revient pas de la faculté qu'a cette brave femme à pleurer quasiment sur commande, juste quand il faut. « Elle aurait dû faire du théâtre » se dit-elle.

Les deux hommes sont enfin revenus de leur voyage à la déchetterie et ils suent allègrement dans leurs chandails d'automne. La mère Pichon, comme chez elle et toute guillerette, leur propose alors un rafraîchissement. Claudie se demande bien ce qu'elle peut leur offrir, tout en les suivant vers la cuisine, car elle n'a pas fait de courses en conséquence.

Quand le chien face à eux, soudain, aboie !

D'un seul mouvement, tous se figent et le regardent.

Il aboie à nouveau, avec une violence phénoménale, les contourne en trottinant et les attend à nouveau au garage. Tout le monde est perplexe, car enfin, on croyait ce chien muet, mais dans un même élan, les quatre s'en retournent sur leurs pas, sans dire un mot.

Le chien les attend tranquillement mais les mène plus loin à l'arrière de la maison, sous la fenêtre du salon. Il y a là une porte en bois vermoulu. Claudie ne se souvient pas de cette porte, pourtant elle a dû passer par là des dizaines de fois. Les fougères qui ont poussé devant en toute liberté la masquent en partie mais pas vraiment. Et puis elle est peinte en bleu pâle cette porte, enfin à ce qu'il semble car il ne reste que quelques écailles éparses de peinture, alors que toutes les autres boiseries de la baraque sont blanches et nettes…

C'est Justin le premier qui sort de la léthargie commune :

– Qu'est-ce que tu veux nous dire le chien ?

Et il semble sérieux comme il ne l'a jamais été jusqu'à présent.

Le père Pichon s'est approché de la porte et essaie de l'ouvrir mais bien sûr elle résiste, comme fermée à clef. Alors Claudie se souvient de la clef cachée dans un écrin au fond du tiroir du chevet de sa tante et du gros trousseau dont elle a hérité avec la maison et les chercher. Quand elle revient, les trois autres attendent sagement mais le gros toutou a disparu de son champ de vision. Ils essaient la fameuse clef puis celles du trousseau mais aucune ne trouve grâce. Justin semble très perturbé par cette porte vermoulue et se décide avec Hervé à la forcer coûte que coûte. La Brigitte se tient le visage dans les mains, horrifiée, et pour une fois pas un son ne sort de sa bouche. Quant à Claudie, elle regarde la scène de loin, fort étonnée que ces adultes s'acharnent sur un bout de bois branlant, comme s'il y avait un trésor derrière, scénario improbable de vieux roman. D'ailleurs personne ne lui a demandé son avis… Tout cela parce qu'un chien s'est mis à aboyer ! Où est-il au fait ce chien ? Claudie fait le tour de la maison à sa recherche tandis que les hommes s'escriment à forcer la porte avec un pied de biche de fortune, en l'occurrence une barre de métal rouillé.

La jeune femme regarde de tous côtés mais l'animal semble s'être volatilisé… Elle ne le trouve nulle part et revient à son point de départ.

Dans un craquement sinistre, la porte explose en petits morceaux au niveau de la serrure et les trois autres se précipitent dans les lieux sombres, en se battant presque pour entrer. Claudie s'approche et les rejoint dans l'obscurité : le sol est en terre battue, les murs en pierre sont secs et nus. Il n'y a rien, rien que du vide et une vieille odeur de moisi. A quoi pouvait servir cette pièce, ou plutôt ce cagibi, on se le demande…

Justin a l'air super déçu tandis que le Hervé reprend son air bougon et pousse sa femme vers la sortie, direction le rafraîchissement promis. Ils n'ont pas échangé un mot. Tout le petit groupe repart donc vers la cuisine et la Brigitte sort du frigo des bières qu'elle a dû apporter elle-même en venant car Claudie n'a aucun souvenir de cet alcool bienvenu. Les compagnons s'installent sur la terrasse et madame Pichon, remise de ses émotions, entame les échanges.

– Quand même quelle surprise ! Je ne comprends rien à ce chien ! Il est gros mais finalement il n'a l'air bien méchant. Je crois que je ne l'avais jamais entendu aboyer.

– Moi non plus…, répond Claudie en jetant un œil à Justin qui la fixe sans rien dire. Je croyais qu'il était muet.

– La première fois que je l'ai vu, j'ai eu une de ces frousses ! continue Brigitte. C'est le jour où j'ai trouvé votre pauvre tante dans l'escalier. Vous savez il était sagement couché devant la porte d'entrée, fermée à clef. J'avais peur de me retrouver nez à nez avec ce mastodonte, mais il a sauté la terrasse et le mur pour courir sur la route. Alors j'ai ouvert la porte et la suite, vous la connaissez…

– Mais vous pensez que c'est peut-être à cause de lui, enfin je veux dire, s'il avait aboyé dans la nuit, ma tante se serait levée et aurait pu glisser sur les marches…s'inquiète Claudie.

– Oui c'est possible, déclare Justin, c'est exactement ce à quoi je pensais. Mais en même temps…

– De toutes façons, c'est un accident, il ne lui a pas sauté dessus pour la faire tomber. Ce que je ne comprends pas c'est son insistance à nous mener derrière la maison, conclut Claudie avec un geste désinvolte.

– Et maintenant vous vous retrouvez avec une porte fracassée ! s'exclame Hervé. J'pourrais peut-être faire queque chose mais ce sera provisoire.

– Ce n'est pas grave et de toutes façons même si elle restait ouverte cela ne changerait rien vous ne croyez pas ? On va la bloquer avec du fil de fer et je verrai cela à mon prochain séjour. Je me demande bien à quoi servait ce réduit… Ma tante avait dû le prévoir pour en faire une remise quelconque…

Brusquement tout ce petit monde semble se rappeler qu'il a quelque chose à faire et en trois minutes ils sont tous sur le départ. Le soleil lui-même va bientôt se coucher et l'approche de la nuit fait fuir les humains vers leurs cahutes. En moins de temps qu'il n'en faut pour le dire, Claudie se retrouve seule. Et d'un coup la fatigue lui tombe dessus.

Elle regarde le chien qui est revenu, une fois le monde parti. Il lui rend son œillade, très sérieux.

– Je vais t'appeler Cerbère, qu'est-ce que t'en dis ?

Mais Cerbère ne répond rien et se couche sur le sol. Claudie lève la tête vers le cimetière et se décide brusquement à aller sur la tombe d'Alice. Elle laisse la maison ouverte, passe le portillon, traverse la chaussée et pousse le grand portail vert qui grince avec un bruit d'enfer.

Le gravier crisse sous ses pieds. Il n'y a personne à cette heure, et elle prend sur sa droite vers la dernière allée le long du haut mur. En chemin, elle s'amuse à lire les noms et les dates sur les pierres tombales. Bien peu lui parlent, mais toutes les stèles sont lourdement fleuries.

La Toussaint. La fête des morts. Claudie ne croit en rien depuis longtemps, pour elle les morts sont dans son cœur. Mais quelle ironie qu'Alice quitte le monde en cette fête chrétienne ! Claudie stoppe devant le nom de Vielleux-Coliéni. Le marbre gris est nu. Le bouquet de lys blancs est presqu'entièrement fané. D'un geste distrait la jeune femme le prend pour le jeter en sortant.

Toujours pas de larmes, le silence. La nuit tombe peu à peu et la jeune femme repense aux journées qui se sont écoulées depuis son arrivée. Finalement elle s'est créé en peu de temps un petit noyau de gens sur lesquels, elle le sent, elle pourra s'appuyer. Mais les réflexions qu'elle a entendu ce matin, sur sa tante, la chagrinent.

Justin rentre chez lui songeur. Les évènements de l'après-midi l'ont à la fois excité et déçu. Il a pu approcher le chien et celui-ci communique des infos. Mais le message reste flou.

Il est de plus en plus persuadé qu'il s'est gouré dans ses premières recherches.

Il attrape son mobile et contacte son vieux comparse de toujours :

– Salut la baleine, toujours aussi gros ?

– …

– Ouais. Bon je te retiens pas longtemps. A nouveau pour des petites recherches, comme la dernière fois, ouais…. Mais tu vas changer d'angle, en fait.

– …

– C'est exactement ça. T'as tout compris, alors je te laisse et on se rencarde demain.

Il raccroche le sourire aux lèvres.

Ce fut une belle journée, finalement. Il a des courbatures partout mais tant pis, le jeu en valait la chandelle.

Le journal de Mona 6

Les obligations prirent fin à nos seize ans, et l'on nous laissa à nouveau seuls sur le grand perron de pierre, mais cette fois pour que nous partions dans l'autre sens. Le printemps touchait à sa fin ; main dans la main nous avons suivi le chemin, et puis un autre et ainsi de suite nous avons vagabondé vers le nord, heureux et encore silencieux.

Lorsqu'au premier jour nous avons croisé les premières habitations et avec elles les premières questions « Qui êtes vous ? Que voulez vous ? », j'ai eu peur, oui. Tout à coup j'avais perdu ma coquille, ma gangue protectrice et avec elle l'assurance du répétitif connu. Matéo m'a alors pris la main, m'a rassurée d'une pression de ses doigts, et à l'inverse de moi-même, il est revenu à la civilisation, il a répondu, il a parlé.

Nous avons aidé aux champs, aidé aux bêtes, aidé au linge et aux réparations diverses, aidé, aidé, pour payer notre pitance ; et quand Matéo me regardait au petit matin dans le clair de nos yeux, je savais que nous allions encore continuer notre route un peu plus loin... Je faisais nos baluchons, il disait au revoir et nous repartions sur les chemins, apaisés d'être nous, ensemble.

A la fin de l'été, nous sommes arrivés à Paris. La ville nous a happés comme deux niais ; ma peur est revenue, bien plus forte que jamais. Matéo me tirait par les rues, par la main, avide de découvertes et de rencontres, soudain fébrile.

Il nous trouva un toit, des amis et des relations, puis de l'argent. Je comblais mes frayeurs et mes angoisses dans les couleurs de mes dessins. Matéo les montra à ses amis et ceux-ci me commandèrent des choses étranges, des copies sans fin et des peintures délicates, toujours plus vite, toujours plus difficiles.

J'étais ailleurs, la tête creuse, comme une folle en transe, mais du matin au soir je travaillais au sol sur ces commandes ; et le soir, nous nous blottissions tous les deux dans notre lit, enlacés comme deux amants et mon frère me murmurait dans les cheveux que j'étais son trésor, que nous serions riches un jour bientôt. Alors je m'endormais apaisée par sa mélopée, j'y retrouvais peut-être un peu de la voix de ma mère...

Toute la journée Matéo courait la ville et je préférais ignorer ses allées venues et leur but inavouable.

Les amis ont continué à venir, à commander, à faire affaire avec mon frère ; ils étaient peu nombreux, discrets, et fuyants.

Mais surtout ils me traitaient comme une reine, comme quelqu'un, enfin...

VII

Claudie se réveille lentement ; elle a un mal de crâne épouvantable. Une bonne douche chaude plus tard, la voilà qui sirote son aspirine sur la terrasse, au lieu du thé habituel, emmitouflée dans sa polaire. La température a bien chuté aujourd'hui, même si le soleil brille toujours. Le chien trotte dans l'herbe devant le perron, tout guilleret. Il a encore dormi dehors mais est allé tout seul à sa place, sous l'arche.

Claudie se lève et marche dans la rosée en contournant la maison. Elle scrute les parois de pierres grises de la bâtisse, à la recherche d'elle ne sait pas quoi, un élément incongru peut-être, comme tant de choses dans cette maison, finalement. Sous les ronces d'un piracanta, elle redécouvre le petit volet blanc branlant qui cache l'accès au puits. La gouttière alimente celui-ci depuis le toit, détail qu'elle n'avait jamais remarqué même du temps de son enfance. Elle pensait que l'eau venait des profondeurs du sol, comme une source. C'est amusant l'enfance, on accepte tout sans se poser de questions, on regarde sans voir ; les détails sont flous…

119

Dans l'embrasure de l'ouverture, la vieille poulie attend : il y a même la corde et le seau de plastique craquelé qui pendent, secs de ne pas avoir été utilisés depuis bien longtemps. Claudie jette un caillou et le bruit du plouf résonne rapidement : le puits est plein mais quelle profondeur ? Mystère. Claudie se revoit tirer le seau du puits pour Alice afin qu'elle arrose ses rosiers. C'était toujours le soir en fin de journée dans le soleil couchant et les milliers de moucherons volant dans les derniers rayons. Elle s'appliquait à tirer sur la corde tandis qu'Alice, derrière elle, surveillait la manœuvre, sans broncher et en silence.

Plus loin elle tombe à nouveau sur la porte bleue fracassée par Hervé et Justin. Elle décroche la petite fermeture en fil de fer et ouvre le battant : à la lumière du jour naissant et surtout sans autres visiteurs, la pièce semble plus grande que dans son souvenir de la veille. Le mur extérieur est légèrement arrondi, celui du fond bien droit en quérons mal crépis. On aperçoit çà et là les bordures de chacun. Le sol en terre battue est étrangement sec pour une pièce côté nord. Claudie pense que derrière le mur de quérons, doivent s'écouler les canalisations des toilettes situées juste au-dessus. Elle refait lentement le tour de la piécette qui doit faire environ trois mètres carrés tout au plus, le nez collé aux pierres, malgré l'odeur de moisi encore persistante, les effleurant des doigts comme à la recherche de quelque message secret gravé. Mais il n'y a rien et quelque part la jeune femme s'en félicite.

Une ombre a bougé et Claudie se retourne brusquement vers la porte : le bon gros chien est là, l'air perplexe, assis sur son train arrière, très sérieux. Il ne quitte pas des yeux la jeune femme qui se sent obligée de baisser le regard car on lui a souvent répété, étant enfant, qu'il ne faut pas fixer un chien dans les yeux, sinon il prend cela comme un affront. Mais le chien ne bouge pas et semble lui barrer le passage. Claudie s'agenouille lentement devant le bestiau et lui jette de petits coups d'œil craintifs, en allongeant la main. Il se laisse caresser et les deux compagnons se câlinent dans la lumière matinale, image bucolique d'Epinal.

La jeune femme continue son tour accompagnée du chien qui trotte à côté. Elle s'aperçoit alors amusée qu'il y avait avant une fenêtre là où la cheminée a été posée : les volets bleutés d'origine sont noirs de suie, comme si l'on avait bâti le conduit en catastrophe sans prendre la peine de combler l'ouverture. Ce n'est certainement pas un maçon qui a construit cela, peut-être son oncle tout simplement. « Quelle drôle d'idée ! » Encore un détail que l'enfance a dû gommer. Elle a tellement peu de souvenirs de son grand-oncle.

Le chien a déjà levé la tête et démarré au pas de course quand le coup de klaxon retentit. Claudie allonge le pas pour le rattraper devant le portail. Justin est là dans sa voiture branlante, tout sourire

– Hello ! Je passe dans le coin alors je m'arrête. Tout va bien ?

– Oui, répond laconiquement la jeune femme.

– Vous n'êtes pas une bavarde, hein ? Bon, je vais au village, peut-être que vous avez besoin de quelque chose ?... Une autre idée sinon : au lieu de manger chacun de notre coté, nous pourrions aussi partager notre repas… ?

– D'accord   mais   je   n'ai   pas   grand-chose ici… surtout du jambon.

– Ok, je m'en occupe, si vous n'êtes pas trop difficile en cuisine et je me propose même de faire la popote ! Je reviens vers midi. Alors à tout à l'heure ?

– Ok, je vous laisse faire.

Et la voiture part dans un nuage de fumée noire puante,   très   écologique,   comme   le   signale l'autocollant sur le pare-brise arrière. Claudie sourit car l'attitude du spaghetti mou a changé du tout au tout depuis leur première rencontre. Il doit s'ennuyer ferme dans ce trou. Il n'y a pas d'autres femmes trentenaires dans le coin ou alors elles sont toutes mariées ?

Elle se sourit à elle-même, sans s'avouer que partager son repas même avec un échalas cradingue lui réjouit le cœur. Si elle creuse un peu plus, elle va se moquer de sa propre personne, et elle sait qu'elle peut être très dure. Elle n'a pas envie de se gâcher cette journée qui commence agréablement.

En rentrant elle attrape son téléphone et appelle d'abord Isabelle pour la rassurer sur son retour imminent, puis son chef direct pour lui annoncer son retour lundi prochain sans faute.

– Alors il paraît que tu es proprio d'une petite résidence secondaire ? C'est fou ce que les journalistes en herbe comme toi gagnent actuellement !

Le gros Camille s'esclaffe avec Claudie qui déambule à travers les pièces.

- Idiot ! Je ne sais pas justement si j'aurai les moyens de garder la bicoque, il faudrait que tu la voies, toi qui aimes les vieilles pierres tu serais ravi ! Le toit ne fuit pas mais le chauffage n'est pas merveilleux et tout a cent ans ! J'ai un lot de tableaux aux murs absolument hideux qui garde mon sommeil au-dessus du lit… Promis je t'envoie quelques photos quand je raccroche.

– Bon et sérieusement pas trop dur pour le moral ? Tu l'aimais bien cette tante ? Je ne me souviens pas que tu m'en aies parlé mais comme tu es plutôt secrète…

– Non non, je passe mes journées à ranger et à me demander à quoi va me servir tout cela. Oui je l'aimais bien cette vieille tante mais je m'aperçois qu'au final je la connaissais bien mal. Par contre si tu cherches un coin peinard pour tes prochaines vacances avec Laurence, je te prête la maison.

– Bon j'ai un article à boucler alors je te laisse et à lundi, on a toutes les fêtes du 11 novembre à mettre en page ; tu vas te régaler…

Il rigole en raccrochant. C'est pas le mauvais bougre Camille, mais il a ses jours avec et ses jours sans, et pas moyen de prévoir. Pis qu'une femme ménopausée.

Claudie s'arrête dans sa chambre et envoie le cliché pris par MMS à Camille. Elle a à peine le temps d'éteindre son portable lorsque le chien aboie. Se souvenant de la veille, elle sort de la maison en courant se demandant ce qu'il a ce chien à la fin ? On ne l'entend pas pendant des jours et tout à coup il aboie pour un rien ! Il est là dans le soleil, assis sur les pierres du chemin d'entrée, face au portillon fermé. Claudie jette un œil à gauche et à droite sur la route mais elle ne voit personne, personne à part la petite vieille qui reste assise des heures devant le cimetière, là-bas au loin qui rentre à petits pas chez elle. Mais en s'approchant de Cerbère, elle découvre devant le portail, sur la route, un paquet.

Claudie ouvre le portillon et le ramasse : il est léger, emballé de papier kraft et sur le dessus il y a son prénom, écrit en gros caractères bien alignés. Le chien n'a pas bougé mais lorsqu'il la voit avec le colis sous le bras, il se lève et part trottiner dans la vigne. Claudie monte dans la cuisine et pose le paquet sur la table. Elle déchire sans ménagement l'emballage et tombe par terre une multitude de lettres bleues. L'adresse est celle d'une certaine Lucie Chauvet, apparemment de la même écriture que celle de sa grand-tante…

Claudie soupire, chauffe son thé au micro-ondes en regardant tourner la tasse sur le plateau de verre. Elle a la tête vide tellement elle est pleine de questions : toutes se bousculent et s'annulent dans son esprit. Elle en a marre de lire des lettres, marre de se demander ce qu'il se passe, marre de se ronger les ongles depuis peu, marre d'être ici, et enfin marre de se sentir si mal. Pourquoi les gens lui lancent-ils des indices sur sa tante, en douce, au lieu de venir la voir et discuter ? Mais qu'est-ce que c'est que ce village à la fin ? Tout à coup elle sort, elle se sent si oppressée… et son portable sonne.

– Allo ? Claudie ? C'est Camille !

Il a sa voix sérieuse des mauvais jours. Claudie se demande ce qui va lui tomber encore sur la tête…

– Y a un truc bizarre dans ce que tu m'as envoyé en photo, tu sais les images qui te collent des cauchemars ?!

– Les tableaux ? Oui et alors ?

– Tu sais il y a quelque temps on avait sorti un article sur les peintres oubliés du siècle dernier et l'un de tes tableaux m'a rappelé quelque chose, alors pour voir, j'ai tapoté sur le net avec tes photos et j'ai trouvé le même tableau dans la collection privée d'un ponte de l'art. Je vais t'envoyer le lien sur ta messagerie et tu y jetteras un œil quand tu auras trois minutes ! Qu'est ce que t'en dis ?

– D'accord…

Elle se sent soulagée, une minute elle a pensé à un truc urgent ou grave du style « tu as fait une connerie la semaine dernière avant de partir, au boulot. »

Elle raccroche et rentre dans la maison, s'installe avec les lettres et sa tasse de thé et se met à lire.

24 mars 1938
Paris

Ma chère Lucie,

Si tu voyais comme c'est beau ici ! Je n'en reviens pas de ma chance ! Ma tante Blanche m'a trouvé une petite chambre de bonne dans le onzième arrondissement ; c'est au sixième sans ascenseur mais c'est assez grand et j'ai même un petit cabinet de toilette pour moi seule. Bien sûr les toilettes sont communes avec les autres locataires. Dans ma chambre il y a deux fenêtres de toit et c'est amusant lorsqu'il pleut, cela me fait comme une petite musique. Mais c'est aussi bien lumineux ; j'ai tout arrangé à ma façon, j'ai parfumé avec l'eau de rose que tu m'avais offerte l'an passé, et mis sur mon lit la courtepointe que

maman m'a brodée. Sur ma petite table de nuit,
j'ai posé mon missel, une petite statue de la vierge
Marie et ta photo, mon amie si chère.

Je crois que tu es celle qui me manque le plus de
tous. Même si je n'ai pas beaucoup le temps de
songer tristement puisque mes journées sont bien
remplies ! Le matin j'ai mes rendez-vous
programmés par la tante Blanche et l'après-midi
deux heures de perfectionnement en cours
particuliers avec trois autres élèves, chez une
professeur, Mademoiselle Poincaute, qui est assez
sévère mais très instructive. Ensuite, je peux flâner
pendant une heure dans le parc Montsouris à côté,
et je termine mes journées à la blanchisserie
proche de mon logement, en repassant avec deux
autres locataires pendant trois heures. Ils nous
paient six francs l'heure ! Tu te rends compte ?!
Bon mais le loyer est lui de quatre cents francs par
mois et la concierge du bas n'oublie jamais de le
réclamer ! Elle nous guette en bas de l'escalier de
service chaque vingt-huit du mois !

Il est tard maintenant et je dois donc te laisser car
mes yeux se ferment tout seuls... et je vais
économiser ma chandelle, pour te conter, promis,
très vite la suite !

Je t'embrasse très fort ma tendre amie, ma chère
Lucie,

Ton Alice.

Un petit bip de son portable et voici le message de Camille : il a juste posté la photo d'un tableau. Le nom de l'artiste est Louis Soutter : inconnu au bataillon. Claudie se lève et va se poster dans sa chambre devant la toile correspondante. Après avoir agrandi la photo, « c'est fou ce que l'on peut faire avec son mobile maintenant ! », elle scrute l'une et l'autre pour y rechercher une éventuelle anomalie, comme quand elle jouait, petite, au jeu des sept différences. Elle cherche, elle détaille et elle doit se l'avouer, elle ne trouve aucune dissemblance. Serait-elle en face de l'original ou d'une copie parfaite ?

Elle ne sait pas trop quoi en penser et reste plantée comme une souche au milieu de la pièce, les bras ballants et le cerveau vide. Tout à coup elle voudrait parler à quelqu'un. Peut-être à Justin ?

Il se passe bien cinq minutes avant qu'elle ne sorte de sa transe et fasse demi-tour, s'en retournant à sa lecture

27 mai 1938
Paris

Ma chère Lucie,

Mon dieu quelle chaleur !! Il fait moins beau que par chez nous mais l'air est étouffant ici, on dirait qu'il ne circule pas entre les grands immeubles des avenues brillantes. L'autre soir, nous sommes allées, les locataires du sixième, dans un petit café

du quartier, mais attention, en tout bien tout honneur. Les filles ont toutes pris un petit blanc mais moi je n'ai pas osé. J'ouvrais de grands yeux pour bien tout te conter ensuite. Il y avait un groupe de messieurs qui portaient tous un petit foulard rouge chichement noué autour du cou, et peu à peu ils sont venus s'asseoir à notre table ; il y en a un qui a voulu me caresser la main, il me jetait de ces yeux ! De merlan frit comme disait ma mère ! Comme j'étais fatiguée, je suis partie avec la petite Gisèle qui a la chambre à côté de moi et qui a déjà un amoureux au pays ; elle croit que moi aussi et je n'ai rien dit pour la contrarier ; je ne pourrais jamais raconter à quiconque notre secret... Il n'y a que toi qui sais et c'est aussi pour cela que tu es ma seule et grande amie.

Je ne sais pas comment s'est finie la soirée pour les autres, mais je pense que depuis elles me laissent un peu de côté avec Gisèle. Cela ne me déplaît pas car Gisèle est une brave fille, mais avec nos journées chargées on ne peut pas se voir aussi souvent que l'on veut et le peu de temps qu'il me reste je le passe avec la tante Blanche. Tu as dû savoir qu'elle était affaiblie depuis peu ; je m'en veux un peu parce que je crois qu'elle s'est surmenée pour mon arrivée et qu'elle en a trop fait. Heureusement, il y a sa brave Lison qui la soigne bien chaque jour ; et dès qu'il m'est possible je viens lui faire quelques pages de lecture.

Je te tiendrai bien sûr au courant et d'ici là ne t'inquiète pas trop.
Je t'embrasse tendrement ma Lucie,

Alice.

Claudie soupire, la plupart des lettres sont toutes aussi bucoliques et un peu niaises, elle l'avoue. Elle espérait y trouver plus de détails sur le Paris des années trente mais sa tante semblait tournée sur sa petite personne, un peu mièvre mais courageuse. Si la vie ne l'avait pas décidé pour elle, aurait-elle été capable, elle-même, de partir dans la grande ville si anonyme pour trouver fortune ?

Elle devine les dates sur les cachets des enveloppes et saute quelques mois pour s'approcher de la fin du tas de correspondance.

20 juin 1938
Paris

Ma chère Lucie,

L'autre soir, j'ai été invitée, à un vernissage, par Mademoiselle Poincaute qui se passionne pour la peinture. Comme je ne connaissais personne, je me suis faite toute petite dans la pièce. Aux murs et dans de grands cartons étaient présentés les

*dessins de l'artiste, un certain Louis SOUTTER ;
je ne l'ai pas rencontré et à ce que j'ai compris, il
était absent, malade. Tout le monde s'extasiait sur
ses œuvres, des dessins en noir et blanc que pour
ma part j'ai trouvés bien laids ! Mais je devais
faire bonne figure car Mademoiselle Poincaute
m'a dit qu'il fallait que je me construise une
clientèle prisée et riche, comme elle l'avait fait au
début de sa vie. Elle est maintenant mariée et ne
travaille plus guère sauf à donner quelques cours,
sous son nom de jeune fille. Elle m'a présenté son
mari, un vieux banquier qui doit avoir le double de
son âge, mais qui semble charmant. Ce qui est
amusant, c'est qu'à ses côtés il y avait un jeune
homme ; je te promets que j'écris cela sans
prétention, mais ce jeune Monsieur a paru statufié
par ma vue ! Il me regardait comme une
apparition, la bouche grande ouverte ! Il faut dire
que je portais une petite toilette assez
extraordinaire, prêtée par Lison. Remis de ses
émotions, il ne m'a plus lâchée de la soirée mais
nous avons bien ri tous deux, cachés dans un coin
de la salle à observer tout ce monde, bien
innocemment. Très bien mis de sa personne, ce
jeune homme est dans le monde de l'art et je
t'avoue ne pas y comprendre grand-chose. Il est
jeune, environ notre âge et très bien élevé ; il n'a
eu aucun geste ou œillade de trop, comme font les
autres d'habitude, dès qu'ils croisent une jeune
fille. Il m'a donné son nom et une petite carte avec
son adresse : Monsieur Simon COHEN.*

Je ne pense pas le revoir mais sait-on jamais ?
Je t'embrasse ma chère Lucie

Alice

« Ah tiens, le fameux peintre et la rencontre avec mon grand-oncle. Mais ce n'est pas le bon nom de famille... » Claudie fronce les sourcils, le cœur battant la chamade.

Un coup de foudre a priori... Claudie doute de jamais connaître cette sensation, elle se demande même si elle existe...

Elle reprend sa lecture par bribes, cherchant les paragraphes où il est question des amoureux futurs, soudain pressée d'en savoir plus.

...nous allons au théâtre ce soir, voir un opéra allemand ; il m'a dit avec un petit clin d'œil qu'il voulait me présenter quelqu'un...

...j'avais peur qu'il ne me présente une fiancée ou une maitresse, et j'étais loin de me douter qu'il allait me présenter sa sœur jumelle, Sarah ! Elle est très gentille, très discrète. Quel soulagement en moi ; je crois ma chère Lucie que je découvre enfin le sentiment amoureux, le vrai. Ce Monsieur Simon m'obsède, je suis si heureuse près de lui ! Et encore plus de sentir mes sentiments partagés ! Un détail amusant : hormis mes lunettes, Sarah me ressemble comme deux gouttes d'eau ! C'est assez incroyable, d'ailleurs Gisèle, que j'ai emmenée avec moi au deuxième vernissage, nous appelle « les triplés » ! Qu'elle est drôle cette Gisèle....

...je crois comprendre qu'ils vivent seuls, loin de leur famille restée dans un autre pays ; peut être en Suisse car ce pays revient souvent dans leurs discussions. Il paraît que c'est si beau ; Simon dit qu'il m'y emmènera....

...j'ai découvert par hasard que Sarah était peintre ! Elle n'est pas encore connue pour son art mais elle y travaille dur. Souvent nous ne sommes que tous les deux, Simon et moi, lors de nos sorties vespérales, car il faut qu'elle travaille me dit-il. Je n'ose demander si elle prépare elle aussi une exposition. En tous cas je préfère de loin ce qu'elle fait aux dessins que j'avais vus lors de notre première rencontre. En riant Simon me traite d'inculte et alors je lui dis « apprends-moi »....

...pour la première fois je suis allée chez eux. Ils vivent dans un appartement du quatrième arrondissement ! Si tu voyais la beauté des lieux ! Les parquets qui grincent sous les chaussures, les meubles dorés et les bibelots magnifiques...

...je passe de plus en plus de temps dans leur appartement ; Simon voudrait m'avoir avec lui tout le temps ! Que je suis heureuse ! Grace à ma petite clientèle j'arrive à subvenir à mes besoins mais Paris, malgré la crise, est plein de sorties et de mondanités ! Régulièrement Simon s'inquiète de savoir si je m'ennuie avec lui, avec eux. Je trouve cela adorable. Il n'a toujours pas cherché à m'embrasser, et m'a glissé un jour qu'il n'était pas très doué pour ces choses là. Je crois que j'ai trouvé l'homme idéal pour moi qui ai si peur

comme toi seule le comprends. Je n'ai pas pu leur en parler, alors qu'ils sont si gentils avec moi ; je n'y arrive pas...

Soudain Claudie sort de sa rêverie ; sa tante a dû vivre une expérience douloureuse dans sa jeunesse, le secret des jeunes filles de l'époque. Mais il n'y a pas d'époque pour ces histoires-là, quel que soit le siècle, les femmes ont toujours redouté les mêmes choses.
Claudie se rappelle son adolescence, au lycée ; beaucoup de ses camarades sortaient déjà en boîte, malgré leur jeune âge, elle non. Elle en avait envie, elle aurait sûrement pu y aller, mais juste le fait de devoir demander et d'imaginer le regard de son père lui suffisait à refuser, à chaque fois. Alors les autres se lassent, ils ne pensent plus ou n'osent plus vous inviter, les garçons se détournent car vous devenez inaccessible, les amitiés s'amenuisent et vous finissez peu à peu seule malgré eux. Puis la mort des parents et la vie à continuer avaient mis fin à ces futilités. Il fallait vite travailler et beaucoup, devenir autonome, et dormir le soir tant elle était fatiguée, dormir pour ne plus avoir à penser, dormir et ne plus s'attacher à personne. Rester seule lui semblait plus facile à l'époque.
Aujourd'hui Claudie a tellement de regrets... Il lui manquera toujours une certaine forme de jeunesse, d'insouciance.

Mais elle n'avait personne d'adulte, personne d'âgé et de sage pour lui dire qu'elle se trompait. Sa tante, si différente dans ses lettres, était secrète et solitaire elle aussi. Tiens d'ailleurs elle ne lui a jamais parlé d'une amie nommée Lucie Chauvet, et pourtant la vieille existe encore… « Je devrais aller lui rendre visite peut-être ? Etait-elle à l'enterrement ? »

Cerbère lève une oreille. La voiture de Justin s'est arrêtée devant la maison et Claudie sort sur la terrasse pour voir s'il a besoin d'aide pour transporter tous ses paquets. Pour la première fois il a l'air d'avoir lavé ses cheveux et même de les avoir coupés, de s'être douché, et il sourit sous sa frange. Claudie ne peut s'empêcher de sourire en réponse et les voilà comme deux niais sous le ciel bleu d'automne.

– J'espère que tu aimes les ragoûts car je suis un spécialiste du ragoût ! Allez on s'y met ?

Il est passé au tutoiement.

Il pose ses paquets sur la table de la cuisine et Claudie l'aide à déballer la viande de porc, les patates, les oignons, les carottes. A quatre mains ils se lancent dans l'épluchage des légumes en se jetant de petits coups d'œil timides. Finalement ils éclatent de rire en même temps à cause de leur ridicule. Et le chien ne bouge même pas une oreille depuis son poste d'observation, sur le carrelage dans un coin près du chauffage.

– Tu faisais quoi avant que j'arrive ? Car j'ai une surprise prévue pour cet après midi.

– Pas grand-chose : ce matin, une vieille dame m'a laissé un paquet, toutes ses correspondances avec ma grand-tante depuis Paris. Pas franchement folichon et surtout je ne sais pas pourquoi elle me laisse tout cela… ?

– Tu parles de Lucie Chauvet ? demande-t-il soudain en stoppant sa séance d'épluchage.

Claudie acquiesce en le scrutant ; il doit la connaître, il connaît tout le monde ici…

– Ça c'est étrange ou alors bougrement logique…

Claudie attend la suite.

– Ce matin je suis allé chez le coiffeur, et j'espère que cela se voit, pour le prix que j'ai payé ! Il devait y avoir deux ans que je n'y avais pas mis les pieds et je me souviens maintenant pourquoi- bref, j'attendais mon tour quand Lucie Chauvet est entrée pour prendre rendez-vous et elle s'est assise à côté de moi. Ici tout le monde la connaît vu qu'elle a été notre institutrice à tous ; mais c'est une vieille fille assez triste et dans la classe ça rigolait pas. Je n'ai jamais pu lui parler comme à d'autres : il y a comme un grand froid qui se fait quand elle vous regarde. Et pourtant tu sais que je ne suis pas farouche. Bref, je lui dis bonjour et je prends mon courage à deux mains pour lui demander si elle connaît quelqu'un qui pourrait nous éclairer sur la vie de feu Mme Coliéni. Et là son œil s'allume et elle m'invite à venir boire un petit café chez elle cet après-midi ! Je crois qu'elle n'a jamais invité qui que ce soit chez elle ! Mais bon, entre temps elle avait dû déjà déposer son paquet… Quelle drôle de bonne femme !

– Mais pourquoi tu t'intéresses tant à mon histoire ? demande Claudie exaspérée.

– Mais à cause du chien ! répond Justin en brandissant son couteau vers le gros toutou qui ne bouge toujours pas.

– Je ne sais pas si c'est bon de remuer le passé… Qu'est-ce qu'elle va nous dire, hein ? Qu'après le mariage elles se sont perdues de vue et fâchées, car ma grand-tante ne m'a jamais parlé d'elle, cela j'en suis sûre. Cette vieille va déverser toute sa rancœur, je ne crois pas que cela me passionne…

Et après un silence elle ajoute tout doucement : d'ailleurs j'en ai marre, de tout…

Claudie reste figée, luttant contre l'immense émotion qui tente de la submerger, elle ne sait pas bien pourquoi tout à coup. Elle cache son visage dans ses cheveux car elle est sûre qu'elle va pleurer et elle ne veut pas, non, elle ne veut pas. Justin s'approche et le grand spaghetti la prend dans ses bras, sans un mot. Il sent le savon à la lavande et le shampoing doux, et là contre ce grand corps maigre, Claudie craque, les larmes coulent et les sanglots sortent tous seuls comme une vague de tsunami. D'abord retenus, puis plus violents, elle déverse sans le vouloir, sans pouvoir la stopper, toute la tristesse enfouie au fond d'elle, et elle n'a même pas honte de le faire contre Justin.

Il ne dit toujours rien, ne la lâche pas. Elle entend son cœur qui cogne à son oreille, et peu à peu ce son l'apaise et la calme. Les pleurs cessent. Elle se détourne enfin pour se moucher bruyamment et Justin reprend sa cuisine en allumant la radio.

Place de La Grand Font, dans le café bruyant, la Baleine sirote sa bière.

Cela doit faire une heure qu'il attend son collègue, le grand maigre, le type bizarre qui le contacte environ tous les deux mois pour lui demander une recherche.

Il pourrait l'appeler sur son téléphone portable, mais il ne se fait pas de bile. S'il n'est pas là, ce n'est pas grave, il doit y avoir une bonne raison. Ils se verront ce soir, ou demain.

La baleine ne se formalise plus de ce genre d'absence, depuis le temps qu'il fréquente le grand échalas. C'est lui tout craché ça ! Parfois il disparaît dans la nature plusieurs jours, sans rien dire à personne, en voiture ou à pied, et quand il reparaît, c'est comme si rien ne s'était passé.

Ils se sont connus au collège, ils avaient onze ans. Un peu perdu au milieu de tous ces enfants braillards, la Baleine, ou plutôt David de son vrai prénom, avait repéré de loin le grand Justin en ce jour de rentrée scolaire. Il aurait eu du mal à le rater vu qu'il dépassait déjà ses semblables de bien une tête. Mais le plus étrange c'est que ce grand échalas avait lui aussi repéré le petit David, au milieu de la multitude. Ils se sont approchés l'un de l'autre comme s'ils se connaissaient depuis toujours, se sont serré la main, comme de vrais copains, et ne se sont plus quittés.

Tous deux bien plus intelligents que la moyenne, mais en des domaines différents, ils se complétaient à merveille, capables de passer des heures ensemble sans rien se dire, mais leurs cerveaux fonctionnant à l'unisson. David, petit génie de l'informatique, bidouillait sur ses serveurs, tandis que Justin, observateur minutieux de l'espèce humaine, démêlait les histoires de famille du village. Peu à peu leurs passions sont devenues complémentaires et depuis leurs vingt ans, la Baleine seconde le Poulpe dans ses enquêtes.

En tous cas, cette fois, il a mis la main sur quelque chose, de cela il en est sûr. Et comme pour confirmer, il place délicatement sa grosse pogne sur l'enveloppe kraft posée sur la table du bistrot.

Le journal de Mona 7

Les années passent et je vis toujours dans l'ombre de Matéo, heureuse de rester cachée pourvu qu'il me reste fidèle. Mon espace de travail s'est agrandi et surtout perfectionné. Peu à peu je développe des aptitudes plus marquées pour certains courants de peinture, certaines techniques. J'explore, je cherche, enfermée dans les essences de térébenthine, agenouillée sur mes toiles, encerclée de chiffons sales.

Mais la rumeur approche ; quelqu'un a parlé ou bien des jalousies se sont aiguisées à nous voir réussir si jeunes et si pleinement ; c'est l'apanage des orphelins, réussir, vite, afin de gommer le temps passé, les déchirures, les blessures de l'enfance.

La tempête approche, il faut nous cacher. Nous quittons notre nid pour une demeure encore plus grande ; je fronce les sourcils et questionne Matéo « comment nous cacher alors qu'on ne voit que nous ? ». Il éclate de rire et explique « justement, plus c'est gros, et moins l'on voit... »

Nous changeons tout, nos origines, notre passé, nos croyances, nos noms et même nos prénoms. Les amis aussi changent, les anciens disparus en prison ou à la campagne, Matéo me présente de nouvelles têtes, des gens haut placés et riches, des protecteurs plus que des commanditaires.

Mon art s'affine et ne sert plus la copie ; je crée enfin selon mes choix, même si pour cela je dois ressembler aux plus grands, me fondre dans leurs gestes et finalement signer de leur nom. Officiellement nous œuvrons dans le monde de l'art, rencontrant les peintres connus et leurs mécènes ; Matéo devient l'un d'eux, copiant pour sa part à la perfection ces hommes imbus et avides, obnubilés par la peinture, cachant son côté créatif, absent dans la plupart de ces individus. Moi je deviens la sœur, qui aime bien peindre un peu mais qui surtout régente la maison, sans domestiques,... afin qu'en douce elle puisse continuer ses activités illégales mais rentables.

Mais ce n'est qu'un jeu, pour tous les deux. Je n'ai plus peur. Nous sommes au-delà de tout ça, au-delà d'eux ; et quand nos regards au-dessus des banquets se croisent, nous lisons en chacun de nous un grand amusement, un profond dédain pour ces pleutres qui ne voient rien... Nous devenons méchants mais sans malice, perfides mais sans cruauté ; nous grandissons sans attaches, sans conseils, sans sages à nos côtés.

VIII

Ils ont repoussé leurs assiettes et avachis sur les chaises de tissus velours, ils se racontent leur enfance : lui le garçon des bois élevé par son père en totale liberté, elle la fille des villes cloîtrée dans sa chambre à bucher. Deux enfants différents, deux enfants solitaires et mal aimés, deux adultes si proches.

Claudie est un peu perdue, troublée de pensées contradictoires qui se bousculent dans sa tête, avec toujours en toile de fond la méfiance. Qui est-il vraiment ? Qu'est-ce qu'il veut finalement ? Pourquoi moi ? Chaque fois qu'elle pose la question de manière détournée, il sourit et répond : « le CHIEN ».

Elle hallucine.

Pendant qu'il se raconte à petits mots, chuchotant presque, envahi de pudeur, elle regarde Cerbère couché près d'eux, qui ne s'éloigne jamais trop de l'un ou l'autre, comme un trait d'union entre leurs deux solitudes. « Comment peut-on décider de ses journées sur la base d'un clébard ? Qui peut croire de telles sornettes ? »

– Mais tu vis où et de quoi ? demande-t-elle tout à trac.

Il stoppe ses longs doigts qui depuis plusieurs minutes s'acharnent sur une boulette de mie de pain, paraît réfléchir et se lance :

– Je vis encore avec mon père depuis le départ de ma mère. Mon père est un peu spécial, mi sage mi fou, il est assez difficile à vivre… Et ma mère n'en pouvant plus l'a quitté il y a dix ans maintenant. Elle n'est pas loin et ils sont plus heureux comme ça. D'ailleurs elle a refait sa vie. Lui en est totalement incapable, c'est un solitaire. Mes journées sont assez libres, je suis le correspondant local du journal de la région, donc je me tape toutes les animations du coin pour écrire un petit papier : ça va des discours du maire, des mariages et enterrements aux lotos pour le troisième âge et les anniversaires de la maison de retraite. Occasionnellement, avec un pote on épaule un peu la gendarmerie locale pour certaines recherches un peu délicates ou paraissant loufoques pour la hiérarchie.

– Ah ouais comme quoi ?

– Comme ta tante et le chien, par exemple.

– Quoi ?! C'est la gendarmerie qui te demande de me suivre et de creuser ?

Claudie est furax. Voilà, elle tient la fausse note, son voyant qui clignotait au rouge depuis son arrivée, s'affole soudain. Voilà où est l'intérêt de ce jeune pour sa petite personne !

– Je veux savoir ce que l'on t'a demandé exactement !

Elle crie presque.

– Rien. On ne m'a rien demandé. Je te le jure. J'ai dressé l'oreille dès que j'ai vu le chien alors je creuse, je cherche. Je te l'ai déjà dit, à chaque fois il y a eu drame, et là j'avoue que…ça me ferait chier qu'il arrive quelque chose. En même temps, si c'est déjà arrivé, je veux comprendre quoi.

– Mais c'est fou quand même ! On dirait que tu attribues des pouvoirs surnaturels à ce chien ! On est au vingt-et-unième siècle Justin, et tu es adulte maintenant ! Tu ne sais même pas s'il s'agit du même animal ! Et des chiens errants il y en a plein ! Je ne comprends rien à ce que tu racontes. Tu mens ! Tu me mens depuis le début !

– Non, je ne te mens pas.

Et le silence s'installe froidement.

Justin reprend :

– Le chien était là quand Mme Pichon a découvert le corps d'Alice, c'est elle qui l'a vu la première, devant la porte de la maison ; après je l'ai retrouvé le surlendemain dans les parages et il a suivi le cortège jusqu'au cimetière, je le sais, je l'ai vu, j'y étais. Et depuis il est là à tes côtés…

Ils n'osent plus se regarder, la tête baissée, assez comique quand on les voit face à face. Comme deux jouteurs qui boudent. C'est le moment que choisit l'horloge pour sonner les deux coups de quatorze heure, cassant le temps figé. Le chien Cerbère se lève sur ses pattes et s'étire en baillant, tous les regards tournés vers lui, le trait d'union improbable. Il regarde Justin et fait mine de trotter sur place. On dirait un chien de cirque et Claudie sourit malgré elle.

– Bon tu viens avec moi chez Lucie, la vieille instit ? demande doucement Justin en se levant avec sa vaisselle sale.

– Je crois que je n'ai pas le choix…et puis moi aussi j'ai quelques questions à lui poser.

– Alors allons-y…

Ils ont laissé les assiettes dans l'évier, fermé la maison et le portillon, et marchent tous les trois en ringuette direction le village. Le clocher de l'église, illuminé de lumière, se dresse haut dans le ciel, tel un glaive. Le vent ramène les nuages et le beau ciel bleu limpide se laisse envahir peu à peu d'une nuée noire et menaçante. Claudie, Justin et Cerbère marchent côte à côte sur la route, on dirait trois cow-boys. « Il ne manque plus que le buisson sec qui roule », pense la jeune femme en souriant. Personne n'ouvre la bouche de tout le court trajet.

La maison de Lucie n'est pas loin, juste au virage. Elle doit approcher les quatre vingt dix ans et avance à petits pas avec sa canne et ses chapeaux ridicules. Aujourd'hui elle n'est pas venue se promener : elle les attend.

Sa porte s'ouvre avant que Justin ne tire la cloche à l'entrée. Lucie n'a rien sur la tête et sa chevelure mousseuse et blanche encadre un joli visage à peine ridé. Tout le monde s'engouffre dans le couloir à sa suite, vers un petit salon lumineux situé au bout de la maison. Lucie invite tout le monde à s'asseoir, pas besoin de présentations, on sait qui est qui sans se connaître. Le thé, le café et les petits biscuits chauds sont déjà là, sur la petite table en bois recouverte de dentelle. Claudie regarde la vieille dame d'abord. Oui, elle était au cimetière pour l'enterrement, elle s'en souvient maintenant. Puis ses yeux balaient comme à son habitude autour d'elle : peu de meubles, juste une petite bibliothèque bien fournie et les canapés blancs, mais beaucoup de photos aux murs. En regardant bien on devine même un certain ordre dans l'alignement des photos, comme s'il fallait démarrer la visite depuis la grande fenêtre, avec les premiers clichés en noir et blanc, et tourner lentement dans la pièce vers sa droite. Les murs en sont couverts presque jusqu'au plafond.

« Je crois que je n'ai jamais vu ça », pense Claudie. Elle se dévisse la tête à suivre les petits encadrés un à un même si elle ne reconnaît personne : des photos de classe de l'ancienne institutrice depuis ses débuts et ses souvenirs de jeunesse. En remontant l'énorme collection, elle croit remonter le temps, suivant l'image de Lucie Chauvet au fil des clichés. Elle cherche même le Justin.

– Ce sont mes souvenirs... je les ai mis là pour pouvoir les regarder indéfiniment et ne pas oublier, entame la petite voix chevrotante, j'ai presque toujours vécu ici, et j'ai eu tous les enfants du village avant de prendre ma retraite ; même toi Justin, je me souviens. Tu étais un petit garçon étrange et tu n'as pas changé. Je me suis souvent demandé ce que tu deviendrais une fois l'âge adulte et j'ai beaucoup prié aussi pour ton salut car tu aurais pu mal tourner. Mais je suis heureuse aujourd'hui de voir qui tu es devenu. Comment vont tes parents ?

Justin a les yeux grands ouverts de surprise et leur bleu pâle éblouit Claudie. Si la conversation continue sur ce rythme, elle va bientôt s'endormir, bien au chaud, le dos calé contre les coussins moelleux. Elle ferme les yeux un instant, bercée par la voix des deux autres. Il lui arrive souvent de piquer un semi-roupillon après les repas de midi, sa digestion est soporifique.

Une sensation humide sur sa main et elle ouvre soudain les yeux : le chien lui lèche gentiment les doigts. Un peu dégoutée, Claudie retire sa main et s'essuie discrètement sur son chandail. La petite mamie est tournée vers elle et semble attendre une réponse de sa part, tandis que le poulpe se marre en douce.

– Pardon, je crois que je me suis assoupie et je n'ai pas entendu votre question.

– Je vous demandais si vous aviez trouvé mon paquet ?

– Oui, oui, bien sûr, je n'ai pas encore eu le temps de tout lire mais je ne sais pas encore bien pourquoi vous me l'avez laissé ? Vous ne voulez pas garder vos souvenirs avec ma grand-tante ?

– Votre tante est morte pour moi il y a bien longtemps…

Claudie, de surprise, se redresse dans ses coussins.

– Je ne comprends pas.

La petite vieille se cale sur son fauteuil, boit une gorgée de café, repose sa tasse et croise ses mains sur ses genoux.

– C'est une longue histoire, mais si vous avez un peu de temps je peux vous la conter. Il faudra me promettre de ne pas dire un mot de ce que je vous dis avec qui que ce soit car certaines choses sont encore délicates.

Et elle attend en les fixant chacun tour à tour, comme une tortue, la tête en avant.

Justin hoche le chef lentement et Claudie murmure un « oui bien sûr », soudain le voyant rouge en alerte. Et la vieille Lucie se lance, ses yeux se ferment.

– J'ai connu Alice il y a fort longtemps, à l'école. Nous étions dans la même classe forcément puisqu'il n'y avait à l'époque qu'une classe unique pour tous les enfants du village. Ce village a toujours été cossu mais il y avait quand même moins de monde qu'aujourd'hui. Bien qu'ayant un an de moins que moi, nous sommes tout de suite devenues les meilleures amies du monde, inséparables avec nos longues tresses, comme les petites filles de cette époque. Je ne vais pas rentrer dans les détails sinon vous vous ennuierez, et de plus ces souvenirs-là n'appartiennent qu'à moi. Il y avait aussi Denise, mais elle n'avait pas le même caractère et les deux sœurs étaient, à cette époque, plutôt en conflit qu'en bons termes. Denise avait ses propres amies. Avec Alice nous sommes restées inséparables longtemps. Nos heures de libre après l'étude, la messe et les devoirs à la maison, nous les passions toujours toutes les deux, sur les chemins du village ou près de la rivière. Nous avons eu chacune une enfance heureuse et de petites histoires de fillettes comme toutes les autres, des amoureux aussi. Mais il y eut un jour funeste…

Claudie croit percevoir une larme au creux des yeux de Lucie, mais elle ne bouge pas, elle écoute sagement la petite voix douce qui égrène le temps, et constate du coin de l'œil que Justin est comme elle, statufié par la lente histoire. Et il y a le chien qui ne bronche pas, affalé sur le sol, et ronflant.

– Je n'oublierai jamais et je n'ai jamais parlé de ceci avec quiconque… c'était un jeudi de juin 1934, et à l'époque vous savez que le jeudi, il n'y avait pas école. Il faisait chaud et nous avions pris l'habitude d'aller nous baigner près du Coussac. Le lieu nous était interdit par nos parents et nous ne savions pas vraiment pourquoi, mais nous mentions sur notre destination et aimions y aller pour être bien tranquilles, loin des autres du village, et de la sœur d'Alice. Nos mères nous avaient permis de prendre un petit pique-nique et nous décidâmes de pécher aussi. Nous voilà parties avec nos cannes à pêche sur nos vélos, heureuses et insouciantes comme on peut l'être à quinze ans. Votre tante était une jeune fille souriante et riante, elle aimait chanter et parler, elle posait comme dans les magazines, imaginait des histoires folles de bals chics et de princes charmants… Elle était toujours gaie, vive et positive. Moi j'étais plus timide et réservée mais elle me faisait rire aux éclats. Nous avons passé une matinée fort agréable sous les fenêtres du château du Coussac, même si nous n'avons rien pêché, car nous faisions trop de bruit. Après notre pique-nique, allongées dans l'herbe près de l'eau, nos maillots de bain humides, nous devisions gentiment, quand….

Claudie est suspendue aux lèvres de la mamie et « non, non, qu'elle continue, je veux savoir… » ; elle agrippe les accoudoirs du fauteuil mais n'ose dire un mot, elle croit deviner ce qu'elle a imaginé au cours de la lecture des vieilles lettres.

Lucie essuie ses yeux du revers de sa manche et reprend son récit la voix plus basse :

– Excusez-moi… je disais donc que nous étions sagement allongées dans l'herbe quand soudain il a fondu sur nous tel un rapace. Il devait être là depuis longtemps à nous observer derrière les buissons, nous avions dû l'attirer avec nos rires. Trop surprises pour pouvoir bouger, nous avons crié mais qui aurait pu nous entendre ? Le coin est si isolé. Il était grand, il était fort, et même si nous étions deux, nous étions jeunes et un peu bécasses, nous n'avons rien fait, et encore moins moi… Sa voix se brise mais elle continue, en pleurant : il m'a frappée au visage et jetée un peu plus loin dans les buissons, où je me suis assommée sur un rocher ; j'ai perdu connaissance mais quand j'ai repris mes esprits, j'entendais Alice : elle hurlait fort d'abord, puis de plus en plus faiblement, jusqu'au silence, comme terrassée par la bête. J'ai essayé de toutes mes forces de me lever mais je n'y arrivais pas, je pleurais, j'étais terrorisée et je n'entendais plus rien. Cela a duré un long moment. Soudain les buissons se sont mis à bouger et avant que je puisse crier, j'ai vu Alice qui rampait vers moi ; elle était sale, ses vêtements en lambeaux, ses cheveux en désordre mais apparemment entière et sans blessures. En larmes elle m'a relevée, je lui ai pris la main et nous sommes parties le plus vite possible avec nos petites affaires. Nous avons même laissé nos vélos, ils doivent y être encore, rouillés par le temps…

Claudie s'approche de Lucie et lui prend la main doucement :

– Qui a fait ça ? Qui ? Est-ce qu'il existe toujours ?

Lucie prend son temps pour répondre et Claudie ne la brusque pas.

– Finalement, le qui n'est pas vraiment important. Nous savions bien sûr qu'il devait être un des invités du Coussac mais au village nous ne fréquentions pas ces gens, des gens riches. Il y avait toujours là-bas du monde, pour des parties de chasse, des soirées mondaines, des gens un peu décadents : l'alcool et les drogues, la musique, la fête toute la nuit…Il y avait un va et vient incroyable dans ce château. Enfin nous avons supposé que c'était quelqu'un de là-bas, car nous ne l'avons jamais vu nulle part. Bien sûr nous ne l'avons pas cherché, nous avions trop peur, trop honte. De toute façon qu'aurions-nous pu faire ? C'était encore presque le Moyen-âge, personne ne nous aurait écoutées vraiment et il a dû partir aussitôt. On nous aurait punies d'avoir désobéi. Ni Alice, ni moi-même, ne sommes jamais retournées près de cet endroit, depuis ce jour… Pleurant à moitié, terrorisées pour beaucoup, nous sommes rentrées à la maison après avoir pris la décision, stupide, je le dis aujourd'hui, de n'en parler à personne. Nous avons lissé nos cheveux, nettoyé nos visages et inventé une histoire rocambolesque pour expliquer les vêtements d'Alice, la perte de nos vélos et mes blessures à la tête. Personne ne s'est douté de rien. Et puis le pis est arrivé…

Elle fait une petite pause.

– Alice m'a avoué penser être enceinte. A notre époque il n'y avait rien de plus atroce, ni de plus déshonorant pour une jeune fille, qu'une telle situation. Toutes les deux nous avons hésité longtemps mais nous savions aussi que nous n'en avions pas, du temps. Alors discrètement nous nous sommes renseignées. Au village, il y avait le bar « la Renaissance », situé sur la route, à la sortie. C'était un endroit sombre et sale, seuls les hommes y entraient, et encore, pas ceux du village.

Vous comprenez, là-bas il y avait aussi des femmes de mauvaise vie, des prostituées, et les hommes du village seraient morts de honte si on les avait vus sortir de ce cloaque. Mais avec Alice, nous sommes allées attendre, à la tombée de la nuit, que l'une de ces femmes, la Josette, sorte derrière, et nous l'avons appelée discrètement, loin des regards. Elle était gentille la Josette mais elle avait mal tourné jeune car elle s'était trouvée enceinte, sans père pour l'enfant. Comme Alice. Ses parents l'avaient fichue dehors après l'accouchement, alors elle était descendue des Grads et s'était présentée avec son petit dans ce bar, d'abord pour servir, mais comme elle était jolie… Son petit est mort au berceau six mois après et elle est restée là. Elle seule pouvait nous comprendre. Elle a pris le temps de nous écouter, de nous consoler, nous avons pleuré toutes les trois puis elle nous a donné l'adresse d'une vieille cousine, sur les Grads, Léonie Sabliau. Elle avait la réputation d'une demi-folle, d'une sorcière, mais jeunes comme nous étions, nous n'avions pas d'autre solution. Un samedi après-midi nous sommes parties toutes les deux la rejoindre, en douce. Cette vieille femme habitait une maison en pierres et bois, isolée au bout du sentier sur la colline. Nous nous cachions dans les broussailles au moindre bruit, jusqu'à arriver chez elle, mais elle nous attendait, allez savoir comment, sur le pas de sa porte. Elle était affreuse, pleine de verrues et d'un sale ! Mais elle n'a rien dit, elle n'a même pas demandé la raison de notre venue ; elle a installé Alice sur sa table immonde, et pendant que je lui tenais la main, elle l'a charcutée avec ses pinces, ses spéculums et ses poires à lavement. Votre grand-tante a perdu beaucoup de sang, mais elle fut courageuse, pas une plainte, pas un cri. Je n'oublierai jamais. Autour de nous les poules caquetaient sur le sol en terre battue. Ça sentait la vache et les herbes coupées ; on ne voyait pas grand-chose car la seule lampe à pétrole allumée était près de la vieille Léonie. Je priais en silence, les ongles de mon Alice enfoncés dans mes paumes, jetant des regards effarés autour, tout plutôt que de voir ce que la vieille lui faisait. Léonie nous a juste dit quand elle eut fini, qu'Alice n'aurait jamais plus d'enfants. Après avoir lavé la pauvrette, elle lui a fait boire une décoction d'herbes et quand elle l'eut décidé, elle nous a mises dehors toutes les deux. Elle n'a même pas demandé de paiement.

Nous sommes parties à la nuit, je soutenais mon amie comme je le pouvais et je jure aujourd'hui que j'aurais voulu prendre sa peine. Elle ne méritait pas cela, personne ne mérite cela… Après, Alice a bien sûr changé, beaucoup changé, même si j'étais la seule à le voir et le comprendre. Elle riait toujours autant, mais finies les mines et les poses de mannequin, ses yeux ont perdu de leur joie et elle les a cachés derrière ses grosses lunettes qu'elle détestait avant. Après ce jour elle ne les quittait plus, elle disait que ses lunettes la protégeaient, car alors elle était moins jolie. Elle s'est beaucoup tournée vers le seigneur qu'elle méprisait un peu avant, et a réellement fui les hommes comme la peste, jusqu'à son Simon…

Lucie se mouche et boit une petite gorgée de son café qui doit être totalement froid maintenant ; elle toussote et continue.

– Vous devez penser que cet… épisode nous a totalement abattues. Moi oui, en quelques sortes, je suis restée seule loin des hommes, et quand je fus assez forte pour vivre vraiment, c'était trop tard, la guerre et l'âge avaient décidé pour moi. Mais pas Alice. Bien sûr elle est devenue plus fragile et comme moi, elle fuyait les garçons de tout âge, mais elle était courageuse et luttait vraiment. Elle avait toujours en tête ses rêves de princesse et de prince charmant. Ce fut notre secret, il nous a soudées comme seule une telle expérience entre deux fillettes peut le faire. Nous tenions notre journal mais nous étions encore plus proches l'une de l'autre, comme seul le secret peut le faire. Nous avions continuellement besoin l'une de l'autre.

Le récit s'arrête brusquement sur ces mots et la vieille dame n'a pas l'air de vouloir continuer. Justin remue maladroitement sur son fauteuil et Claudie reste pensive. Elle choisit ses mots et les prononce avec le plus de douceur possible.

– Pourquoi alors dites-vous que ma tante est morte il y a longtemps pour vous ?

Lucie sourit faiblement et se tourne vers elle.

– Mon histoire n'est pas tout à fait finie… Si vous lisez toute la correspondance que je vous ai laissée, vous verrez qu'avec tout son courage, Alice est partie à Paris, une grande ville loin de sa famille et loin de moi, en des temps de trouble, avant la guerre. Oh bien sûr elle a beaucoup pleuré de partir, de nous quitter, d'aller vers l'inconnu. Mais elle se disait peut-être que là-bas elle oublierait plus facilement, et puis il fallait vivre. En ce temps là, les parents décidaient pour vous, et pour elle sa famille avait choisi de la confier à une grande tante sans enfants qui lui promettait un avenir radieux. Alice n'était pas très forte à l'école, elle ne pouvait pas continuer, il lui fallait apprendre un métier. Elle pensait qu'en tant que manucure, comme sa grand tante Blanche, elle côtoierait le beau monde, les toilettes et les gens riches, paradoxal pour une jeune fille qui se cachait désormais derrière ses lunettes. Mais au fond la jeune Alice était toujours là, frivole et rêveuse, jolie comme un cœur. Vous lui ressemblez plus que vous ne croyez, ma chère enfant… Donc, Alice s'en va et m'écrit assez souvent. J'ai perdu une partie de ses lettres pour je ne sais quelle raison, mais son histoire est là dans celles qui restent. Elle démarre son activité, se loge et s'autofinance, elle sort et rencontre le prince charmant, Simon. Il était certes beau jeune homme et aisé comme un prince, mais je crois que ce qui lui plaisait le plus au fond de ce jeune homme inconnu et mystérieux, c'était sa réserve. A la différence des autres jeunes gens de cette époque et de tout temps d'ailleurs, Simon n'était pas pressé pour la bagatelle, même plutôt réticent. D'autres jeunes filles auraient pu trouver cela bizarre mais Alice mettait beaucoup l'accent sur ce point. Chaque fois qu'elle m'écrivait, de plus en plus rarement du fait des évènements qui ont suivi, elle me parlait de lui avec une ferveur romanesque et quand je lui demandais de me conter tout en détail, l'histoire restait très platonique. Je crois réellement que c'est ce point qui lui a permis d'épouser un homme. Après, il y eut la guerre et comme vous le savez il était juif de confession ; il leur fallut fuir, changer de nom et de vie et bien leur en prit car ils l'ont fait juste avant la rafle du Vel d'Hiv… Ils se sont vite mariés en secret ou presque et sont partis en Suisse. Je tremblais pour elle. Au début de leur exil, elle a continué à m'écrire régulièrement, toujours courageuse.

– Oui, ça je l'ai lu. Il s'appelait COHEN et ils l'ont transformé en COLIENI ? demande Claudie.

– Exactement. A cette époque Simon avait nombre de relations dans les hautes sphères, des relations réelles qui, au lieu de les dénoncer, les ont protégés en changeant leur identité et en les prévenant d'avance de la tournure des évènements. Moi je vivais dans l'angoisse d'apprendre de mauvaises nouvelles. J'étais avide de recevoir les lettres d'Alice qu'elle me faisait parvenir par bien des détours et je ne pus pas vraiment lui répondre. Les temps étaient difficiles. Alors je ne sais pas ce qui s'est passé réellement là-bas mais Alice a semblé dépérir, se faner. Et un beau jour, plus de nouvelles. Est-elle tombée malade ? Est-ce que le couple ne fonctionnait pas ? Est-ce que les démons du passé ont soudain ressurgi pour la miner ? Est-ce que la cohabitation avec la sœur Sarah ou toute la communauté lui pesait ? Je ne sais pas, mais peu à peu elle s'est mise à m'écrire de drôles de choses qu'elle croyait se produire, elle avait de drôles de phrases comme une certaine folie, puis le courrier est devenu plus rare et puis plus rien. Vous le lirez, vous verrez de quoi je veux parler. Elle n'est même pas venue à l'enterrement de ses parents.

– Mais elle est revenue avec Simon en 1980, alors vous avez pu lui poser vos questions, non ? demande Justin, enfin doué de parole.

– Ce n'est pas mon Alice qui est revenue en 1980. J'étais là à l'enterrement de votre grand-mère Denise et comme tous, je l'ai vue arriver, si froide, si distante. Elle avait son enveloppe mais pas sa chair, pas sa chaleur, elle avait renié toute son enfance. Quand après les funérailles et la décence de tels évènements j'ai voulu lui parler, elle m'a regardée avec un œil vide et m'a fermé la porte au nez ! Avec Simon, ils ont vécu en vase clos, loin de tous, refusant toutes les invitations des cousins ou des connaissances qui étaient restés au pays, refusant tout dialogue avec quiconque. Tout le monde a jasé un temps puis les a oubliés, les a fuis. Ils ont pris Mme Pichon, si bavarde, à leur service et se sont enfermés dans cette maison. Quand Simon est mort, je suis à nouveau allée vers elle mais elle m'a de nouveau tourné le dos, sans un mot. Je ne reconnaissais pas ses manières, alors je n'ai pas insisté. Ai-je fait quelque chose qui l'a déçue ou lui rappelais-je trop son passé ? A-t-elle vécu un autre drame dont je ne connais pas l'histoire parce qu'une de ses lettres ne m'est pas parvenue et ainsi a-t-elle crue que je l'abandonnais ? Je ne sais pas et ne saurai jamais. Depuis 1982, par tous les temps ou presque, je venais m'asseoir devant sa maison en espérant qu'elle me rejoindrait, pour retrouver nos bonheurs d'enfants et surtout me donner une explication…

La vieille dame se tait, renifle, se mouche et regarde en souriant Cerbère qui, sans que Claudie ne s'en soit rendu compte, est venu poser sa tête sur les genoux de la conteuse. Justin a l'air totalement fébrile mais il ne pose pas de question. Claudie devine qu'il est en train de suivre le fil de sa pensée, démêler la pelote de ses idées avant de passer à l'attaque. Elle commence à bien le connaître. Quant à elle, elle regrette de n'avoir pas su cette histoire plus tôt, elle aurait peut être mieux compris l'étrangeté de sa grand-tante, sa réserve et cette souffrance enfouie. Est-il possible que d'autres personnes aient deviné l'histoire d'Alice ? Elle revoit ses parents, toujours distants avec leur tante. Mais de toute façon ils étaient distants avec tout le monde. Même avec leur fille.

Lucie semble hésiter et lance d'une petite voix :

– Il y a aussi une autre hypothèse…mais je la trouve affreuse alors je la réfute.

Et elle termine sur ces mots.

Justin est devenu pivoine, on dirait presque qu'il va éclater. Claudie le regarde en lui demandant des yeux, en silence, ce qui se passe, mais il balaie ses mimiques de la main et la pousse dans le couloir direction la sortie.

La vieille Lucie raccompagne le trio à sa porte. Elle leur promet de passer à la maison demain avant que Claudie ne reparte, dans l'après-midi. En leur disant au revoir, elle semble un peu plus rassérénée, le rose aux joues. « Il faut toujours parler de ce qui pèse sur notre cœur », se dit Claudie. Oui mais elle non plus elle ne sait pas faire.

Les trois cow-boys repartent en sens inverse. Le vent souffle fort maintenant et le ciel noir menace. Claudie sent sa rage ressurgir et tout à coup sait ce qu'elle veut :

– S'il te plaît Justin, emmène-moi au Coussac…

Le grand poulpe sort ses clefs de voiture de sa poche sans rien dire et lui ouvre la portière galamment. La jeune femme s'engouffre tandis que le chien reste assis devant le portillon de la maison. Les premières gouttes de pluie s'écrasent sur le pare-brise alors qu'ils démarrent. En silence, ils traversent le village et se dirigent vers la rivière de l'autre côté du bourg, passent devant l'accès à la plage et continuent la route sinueuse qui monte ; brusquement, Justin s'engage dans un chemin de terre qui redescend vers le cours d'eau en pente raide, entre les troncs des peupliers. Claudie ne dit rien, le visage tournée vers la vitre et la végétation dense qui défile. Justin a ralenti et conduit doucement sur les cailloux du chemin. Peu à peu les arbres s'écartent et apparait alors le château du Coussac : une énorme bâtisse de trois étages, carrée et mastoc, plantée au bord de la rivière La Baume. Une maison sans charme et sans fioritures, un jardin qui fut beau envahi de ronces et des murs fissurés de toutes parts ; l'ensemble parait comme menaçant. Le géant coupe le moteur et attend, le regard fixe sur les lieux.

Claudie ouvre la portière et sort dans l'herbe sous la pluie fine ; les mains dans les poches, elle contemple le bâtiment, le visage fermé. « C'est vraiment moche, se dit-elle, rempli d'ondes négatives aussi… » Elle se tourne vers Justin qui l'a rejointe à quelques pas :

– Tu connais le nom des proprios ?

– Oui. Si je me souviens bien il s'agit de la famille Teyssier, mais je crois qu'il y a bien longtemps que personne n'a mis les pieds dans cette foutue baraque, elle tombe en ruines on dirait.

Claudie s'avance peu à peu jusqu'à l'entrée des lieux, imposante et froide comme tout le reste, et puis elle continue son chemin, longe la bâtisse vers le bord de la rivière ; il y a là un petit bosquet. « C'est là, hein ? » pense la jeune femme, « autre siècle mais mêmes horreurs, les prédateurs n'ont pas d'âge, pas de mode, pas d'époque… »

Le temps s'écoule, les minutes passent sous la pluie. Quand même Claudie secoue ses cheveux trempes :

– Bon allez on s'en va, ces lieux me foutent le bourdon ! s'exclame-t-elle soudain en tournant le dos résolument aux lieux.

Ils sont arrivés devant la maison d'Alice et Cerbère les attend au même endroit sous la pluie. Il y a dans l'air comme une chape, ou peut-être est-ce Claudie qui se sent soudain fatiguée, de ne rien faire, mais fatiguée quand même.

Arrivés au portillon, Justin, qui n'a pas décroché un mot de tout le trajet, demande alors :

– Cela t'ennuie si je jette un coup d'œil à la petite pièce qu'on a ouverte avec les Pichon hier ?

Claudie le soupçonne de n'avoir pensé qu'à cela depuis la veille mais au fond elle s'en fiche, elle a envie de se laisser porter là où les autres, et surtout lui, l'emmènent. Adieu la méfiance, adieu la carapace, s'ouvrir comme une noix et découvrir finalement qu'en dedans elle n'est pas totalement ridée ou flétrie.

Ils font le tour de la maison dans l'herbe haute. Les grandes branches des cèdres se balancent furieusement dans le vent, projetant des ombres lugubres sur les murs de pierres. La porte ouverte, les deux jeunes entrent mais le chien reste juste assis sagement à l'entrée. Justin ressort comme une bombe pour aller chercher sa grosse lampe torche dans sa bagnole en grognant « j'ai un pressentiment … », enfin c'est ce que Claudie croit entendre avec le vent dehors qui grossit encore et les arbres déchainés. Dans la pénombre, elle tourne lentement dans le cagibi, les doigts légers sur les murs, remuant le sol en terre battue. Déjà le poulpe est de retour, c'est rapide ces bêtes-là et on dit qu'elles sont aussi super intelligentes. Au passage il apporte une masse et Claudie hausse les sourcils en silence. Sans un mot il lui donne la grosse lampe à tenir et dans son faisceau la jeune femme le regarde taper du poing sur chaque parpaing du mur du fond. Cela prend un certain temps mais le voilà qui se fige contre le bout du mur à droite et qui se tourne vers elle, formant des mots avec ses lèvres.

– Quoi ? J'entends rien avec le vent ! hurle-t-elle
– Je dis : je crois qu'il y a du vide ou une autre pièce derrière cette cloison et là cela sonne creux !

« Ouais et alors ? » pense Claudie. Elle se fait l'effet d'avoir le cerveau engourdi comme une limace dans le gel.

– Bon je propose qu'on fasse un petit trou pour voir derrière, avec ma masse !

Il gueule toujours, les cheveux dans les yeux et soudain Claudie a envie de rire ; « n'importe quoi ! Si cela continue il va me fracasser la maison entière à coups de marteau, l'animal ! » C'est alors que retentit dans l'étroite pièce le formidable jappement du chien comme un tonnerre : ils sursautent tous deux, comme des voleurs pris sur le fait, tournés vers l'animal qui a juste passé la tête par l'ouverture. Cerbère aboie encore une fois.

– Tu vois ?! Je crois que j'ai raison ! crie Justin en montrant le chien de ses longs doigts. Alors, armé de sa masse, il assène un premier coup puis deux et trois sur les quérons du fond. En peu de temps, une ouverture se crée dans un nuage de poussières, emportées au dehors par le souffle du vent. Claudie voudrait soudain se précipiter et passer la tête par l'ouverture mais elle attend sagement que Justin qui a pris la lampe et la promène par l'ouverture lui donne l'autorisation. Elle penche la tête vers Cerbère assis à ses côtés et s'interroge : « est-ce que je rêve ? Un chien qui nous pousse à faire des actes totalement incongrus ? Un mur que l'on fracasse pour chercher quoi ? » Elle se prend le faisceau de la lampe en plein visage et se protège les yeux en l'attrapant. Justin a repris de plus belle et élargit le passage. Claudie pose la torche au sol et ressort, asphyxiée par la poussière. Dehors c'est nuit noire.

– Claudie ! Viens !

Elle s'approche doucement vers la lumière, passe le mur éventré et se retrouve devant un petit escalier circulaire de béton creusé dans le sol : en bas la lumière de la torche s'agite.

– Claudie ! Claudie ! hurle toujours le spaghetti.

– Oui ! J'arrive !

Quelques marches en réalité et la voici sous la maison dans une salle inconnue d'environ trois mètres sur quatre, totalement vide.

Justin a l'air vraiment déçu, presque colère. Claudie ne dit rien pour ne pas en rajouter une couche. Le poulpe passe une main dans ses cheveux et grommelle :

– Je suis sûr que j'ai raison. Cela a dû commencer là, mais pour une raison que j'ignore, ils ont tout déplacé…

– Non mais de quoi tu parles ? lance Claudie stupéfaite.

– Je m'avance peut-être mais je crois que Simon a trempé dans des histoires louches, recel ou vol d'objets d'art. Et je cherche la cache.

Claudie reste la bouche ouverte.

– Mais comment ? Pourquoi ?

– Je t'expliquerai, des infos glanées sur le net.

Et il remonte lentement les escaliers comme s'il portait six cents kilo sur le dos.

Cerbère aboie encore et part en trottant. Justin le suit, comme hagard, et Claudie leur emboite le pas. Le molosse stoppe devant l'arche où il a pris l'habitude de dormir et se couche illico.

Claudie éclate de rire.

– Non ! C'est trop fort ! Il se moque de nous. Regarde, il tient à te faire visiter sa niche !

Devant la sombre mine de Justin, elle hausse les épaules, reprend un ton sérieux et demande :

– Tu manges ici ce soir ?

– C'est pas de refus, répond le poulpe dans un murmure.

Et la jeune femme se dirige vers la maison, les plantant tous les deux là. Elle trafique dans la cuisine quand elle entend Justin l'appeler, encore.

– Claudie ! Claudie ! hurle le spaghetti

La jeune femme râle un coup, s'essuie les mains au torchon et se précipite sur la terrasse.

– Quoi encore ?

– Viens voir par-là !

La voix sort de dessous, au fond de l'arche, où se trouve le compteur d'eau.

Claudie s'exécute en râlant, curieuse malgré tout. Elle se baisse sous les toiles d'araignées et aperçoit au fond sur sa gauche, un petit passage étroit mais pavé. Trois pas et un nouveau carrefour ; le dos toujours courbé, elle visualise d'abord le faisceau de la lampe, puis Justin à genoux qui l'attend devant une petite porte, dont il a manifestement forcé la serrure. Cela devient une habitude. Lorsque Claudie arrive à ses côtés, avec sérieux et recueillement, le jeune homme pousse le panneau de bois, retenant son souffle. Il avance à quatre pattes, avec sa lampe torche.

Dans la lumière, soudain, jaillissent des coffres, cartons à dessins et toiles emballées. Les deux comparses ouvrent des yeux d'enfants émerveillés, même si tout est fermé, caché sous du tissu ou du papier. Alors la frénésie les attrape et ils arrachent les emballages. Des dessins à l'encre, des dessins aquarelle, des gouaches, des tableaux à l'huile, des toiles roulées qui craquèlent sous leurs doigts.

– Putain… Je le savais !

– Mais c'est quoi ce bordel ? articule finalement Claudie. D'où cela sort ? Qu'est ce que c'est ?

– J'y connais pas grand-chose mais… On dirait qu'il y en a pour tous les goûts… Faut que je réfléchisse…

– Mais qu'est-ce que je vais faire de tout ça ?

Ils se regardent, plantés comme deux poireaux, aussi perplexes l'un que l'autre, anéantis par la trouvaille. Claudie ferme les yeux, mille pensées s'entrechoquent en elle.

Dehors, il continue à pleuvoir, de ces pluies à la gomme qui mouillent à peine mais vous poussent juste à rentrer à l'abri. Le poulpe lui touche l'épaule et en silence la pousse vers la sortie. Il referme la porte du mieux qu'il peut et rejoint Claudie vers la cuisine. Elle s'allume une clope et lui s'en roule une.

– Je n'y comprends rien. Pourquoi mettre ces œuvres là si elles ne valent rien ? Elles sont forcément précieuses, tu ne crois pas ? Et pourquoi les cacher ? Il faudrait faire un inventaire pour retrouver le ou les auteurs, et après on fait quoi ? On cherche un directeur de musée ? Mais d'où ça sort tout ça ?

– Holà, du calme jeune fille. Pas tout à la fois. Laisse-moi passer quelques coups de fils ce soir en douce ; j'ai un pote… Ce qui est sûr c'est qu'elles étaient bien cachées. Ton grand-oncle était dans le domaine de l'art… Et ta grand-tante peignait.

– Non je ne l'ai jamais vue peindre, à part ses panneaux à têtes de morts ! Mais dans ses lettres elle écrit que Sarah, la sœur de Simon, peignait bien, elle.

Le poulpe redresse la tête subitement et fixe ses grands yeux sur Claudie.

– Quoi qu'est-ce que j'ai dit ?

– Faudrait que tu me fasses lire ces lettres, mademoiselle Chance ; je crois qu'on a touché le gros lot.

– Hein ? Pourquoi ?

– Je sais pas. Une idée comme ça.

La jeune femme ouvre la bouche pour questionner mais rien ne sort. Elle observe le jeune homme déambuler dans les pièces, observant bien les murs, ouvrant et fermant les meubles, testant le canapé du bout de ses longs doigts. Mais après tout pourquoi pas ? Elle le laisse prendre ses marques devant le feu qu'il ravive et pose à côté de lui la montagne de lettres bleues froissées. A elle la responsabilité du souper. De toute façon il y a les restes de midi, Justin avait prévu un ragoût pour un régiment.

Leur dernière découverte l'emmerde au final. Elle voudrait vite rentrer sur Montpellier et vers son boulot mais les choses ici s'assemblent comme pour la faire reculer, au bon vouloir du spaghetti ;

et du chien aussi. Quelle bête étrange qui donne ses indications en aboyant. Claudie secoue la tête, il faut qu'elle reste rationnelle sinon elle va se croire au pays d'Harry Potter et bientôt le poulpe se transformera en enchanteur, le chien en dragon et quoi encore ? Non, c'est bien connu, les animaux ont du flair et il se peut très bien que celui-ci soit particulièrement doué : il a senti les vieux relents de peinture en reniflant un jour. Quant au grand dadais, il s'ennuie tellement avec les nouvelles locales qu'il cherche à tout prix une découverte fracassante et le prix Pullitzer au bout du compte.

– Tu te trompes ! lui crie la voix basse depuis le salon, je sais parfaitement ce que je fais !

« Non mais en plus il est doué du don de divination ?! Tiens on va essayer un truc pour voir. » Et Claudie qui est assez vilaine, ferme les yeux et se met à penser très fort dans sa tête à une image cocasse. Elle visualise dans sa tête le Justin en short, le genre à mettre des chaussettes avec ses claquettes, le Justin en maillot de bain, le torse bardé de côtes, enfin le Justin tout nu…

– Qu'est-ce que tu fais ?

La voix basse a claqué dans son dos, faisant bondir la jeune femme qui rougit soudain comme une tomate devant l'homme qu'elle a tranquillement déshabillé dans ses pensées.

– Euh rien, rien. Je réfléchissais.

Il met la table, le ragoût mijote, et sert leurs deux assiettes.

– Alors la première chose à faire demain, c'est prendre quelques clichés des toiles et dessins ; j'irai chez moi faire quelques recherches sur le net avec, tout dépend des signatures mais ce qui est sûr c'est qu'il y a plusieurs genres répertoriés en bas. Bon on ne dit rien à personne tant qu'on n'a pas tiré cela au clair, ok ?

– Moi je te rappelle que je dois retourner bosser, j'ai un boulot, tu sais…

– C'est l'affaire de rien, quelques jours. Attends on ne tombe pas sur la caverne d'Ali Baba tous les jours !

– Tu n'y connais rien, si ça se trouve ce sont les vulgaires croutes de Sarah mises au rebus lorsqu'ils sont arrivés ici. Genre Simon n'a pas pu s'en défaire et quand ils ont trouvé cette salle en sous sol ils ont tout entreposé là. On jette sans jeter, quoi !

– Oui mais pourquoi se casser le bol à fermer la pièce, déjà difficile à trouver ?

– Ça me fait penser que j'ai pris une photo d'une des toiles de la chambre et je l'ai montrée à mon collègue Camille…. Il s'est excité dessus et m'a parlé d'un certain peintre, Louis Soutter, un nom comme ça…

– Tu me montreras ce tableau demain ? D'ailleurs je voudrais jeter un œil à toute la maison si cela ne te dérange pas trop.

– Pour quoi faire ?

– De quoi vivaient-ils tous les deux ?

171

– Je ne sais pas vraiment au juste, je n'ai trouvé aucun papier de retraite, ni de feuille de salaire. Ma tante ne parlait pas du passé et mes parents ne parlaient que de leur boulot à eux, architectes. Je sais que Simon était dans le domaine de l'art, il organisait des expositions avec des artistes, mais lesquels ? Mystère. Quant à Alice elle était manucure dans sa jeunesse…. Tu crois que tout ce que l'on a trouvé, ils l'ont volé ?

– Mmmmh… Je ne sais pas mais ça se peut, ce qui expliquerait que ce soit caché la dessous ; il y a d'autres possibilités aussi. Ils devaient revendre au coup par coup pour vivre, par l'intermédiaire des expositions. Ce qui expliquerait que ta tante ai vécu plus chichement comme l'a expliqué la mère Pichon, car elle, Alice, n'était pas dans les circuits. Mais j'aurai une réponse demain soir je pense.

– Et en attendant, je contacte la gendarmerie quand ?

– Pas pour le moment. Je le ferai moi, je les connais bien. Je ne voudrais pas que tu finisses tes jours en prison pour recel si c'est du vol. Si ces œuvres ont été volées cela va faire un barouf du diable, en tous cas ! Je vais passer mon coup de fil, ok ?

Le poulpe se lève et sort avec son portable devant la terrasse.

Claudie range la cuisine, perplexe et en même temps un peu excitée par sa chasse aux voleurs.

Elle se dit qu'elle ne pourra jamais dormir ce soir…

Le chien pour sa part a l'air parfaitement paisible dans l'herbe mouillée.

La jeune femme voit le grand spaghetti faire les cent pas sur la terrasse, son mobile collé à l'oreille, l'autre main dans sa poche. Il semble ne même pas sentir les gouttes de pluie, tellement absorbé par sa conversation. Le voilà qui éteint et glisse son téléphone dans sa veste ; mais il reste planté face à la vigne, pensif.

Regardant en silence ce grand dos immobile, elle s'avoue qu'ils s'entendent bien tous les deux. Tout lui parait simple et facile avec Justin. Mais cela a toujours été ainsi, même lorsqu'ils étaient petits… Il arrivait comme un cheveu sur la soupe et avec lui, les pensées devenaient plus lumineuses, amusantes, loin des soucis quotidiens. « En réalité, il ne facilite pas les choses, non, il les masque » se dit Claudie, « il m'entraine dans une aventure romanesque, mais quid de mon quotidien ? Il n'y a pas de quotidien pour Justin ; chaque jour est une nouvelle épopée… »

Statufié, le jeune homme sent le petit regard perçant de Claudie dans son dos. Il ne se retourne pas. Ses pensées se bousculent dans sa tête et il a besoin d'être seul quelques minutes pour les remettre en ordre. Il jette un œil à Cerbère qui s'est couché à sa place sous l'arche, comme un gardien venu du fond des âges pour protéger son trésor. Et d'ailleurs est-ce un trésor ? Ne serait-ce pas plutôt un poison, une complication dans l'héritage de la jeune femme ? Il n'a pas à lui créer d'ennuis même s'il ne la connaît pas vraiment. Mais il le sent, il peut lui faire confiance.

« Alors Cerbère, pourquoi es-tu là ? »

Le journal de Mona 8

Pendant plusieurs années j'ai discrètement cherché à retrouver les nôtres... Mais il fallut me rendre à l'évidence : les temps troublés et nos activités particulières ne me permirent pas de m'y consacrer vraiment. Je me plais à croire que quand même durant toutes ces années, si elle était vivante, notre mère nous a cherchés ou tout du moins ne nous oublia pas véritablement.

Matéo ne voulut jamais en parler ; chaque fois que j'essayais péniblement d'aborder le sujet, il me fuyait, et comme son chagrin m'était encore plus insupportable que tout le reste, je laissais les mots mourir sur mes lèvres.

Il n'y a pas un jour sans que je revive ces furtives images du passé dans les bras de ma mère, et de plus en plus à mesure que je vieillis. Nous grandîmes sans attaches mais comme tous les orphelins, nous ne pûmes jamais nous sentir complets du fait de ce manque. Nous n'étions complets qu'ensemble.

Etait-ce à cause de cette perte, de ce vide, qu'à cette époque, notre vie nous sembla encore plus terne que jamais ? Que nous sentions le besoin irrépressible de nous fondre encore plus l'un dans l'autre ? Je ne sais... Chaque jour je m'éloignais de plus en plus de mon frère, chacun bercé par sa propre folie et chaque jour nous avions besoin d'autre chose, mais quoi, de plus en plus fort, pour nous retrouver. Nous nous sommes étourdis dans notre vie mondaine parsemée de banquets et de fêtes, de richesses et de faux semblants, mais au fond de nous-mêmes nous souffrions encore plus que jamais. Nous avions tellement peur l'un pour l'autre et l'un de l'autre. Peur d'être à nouveau séparés, par la mort, la maladie ou la folie. Et nous sentions sans le dire que cette perte serait alors fatale pour chacun. De celle-ci nous ne pourrions cette fois jamais nous relever. En même temps notre réussite nous semblait tellement facile qu'il nous fallait nous mettre en danger pour nous sentir vivre....

C'est alors que Matéo rencontra une petite oie blanche et comme une lumière, un projet diabolique surgit dans notre esprit malade.
Lui voyait un jeu ou une échappatoire.
Moi j'y vis ma solution ultime.

IX

Claudie ouvre les yeux lentement, se demandant où elle se trouve. Et puis brusquement elle se souvient.

La veille au soir, elle a sorti des armoires quelques couvertures et laissé le grand Justin sur le canapé de cuir devant la cheminée, avec Cerbère silencieux à ses côtés. Elle aurait aimé rester avec eux mais ses yeux se fermaient seuls devant le bon feu, alors elle a vite capitulé et rampé jusqu'à son lit.

Elle se redresse entre ses draps froissés et tend l'oreille vers le couloir : pas de bruit. Est-ce qu'ils dorment toujours ou est-ce qu'ils sont partis ? Sa montre indique huit heures trente. Elle hésite mais finalement se lève et s'habille rapidement. En passant devant le grand miroir, elle jette un œil à son reflet et se sourit.

A pas de velours, elle avance dans le couloir et pointe la tête dans la pièce. Il n'y a plus personne devant la cheminée et le feu est éteint. Cerbère a vidé les lieux, Justin a plié les couvertures dans un coin et les lettres sont posées en ordre sur la petite table noire laquée. Claudie continue de cheminer dans le silence et termine par la cuisine, envahie d'une bonne odeur de café. La porte donnant sur la

179

terrasse est ouverte et elle les trouve là, dans la brume matinale, debout sous le mûrier. A son approche, l'homme et le chien se retournent tous les deux dans un même mouvement et le grand dadais lui sourit sans un mot.

Claudie se prépare un thé et des tartines ; ce matin elle a grand faim.

– Mon pote, dont je t'ai parlé hier, va passer dans peu de temps. J'ai préparé du café, tu n'en veux pas ? demande Justin.

– Non, désolée, mais moi c'est du thé que je bois. Qu'est-ce qu'il vient faire ton copain ?

– Je lui avais demandé de faire des recherches sur le nom de ta tante par internet et je crois qu'il a trouvé quelque chose. Il vient m'apporter les photocopies.

– Tu le paies pour ça ?

– Mm…, répond Justin, je vais utiliser ta douche ok ? Et il s'enfuit dans la maison.

Claudie respire la bonne odeur de bergamote dans sa tasse et s'allume une cigarette sur le perron. Le chien n'a pas bougé de place, mais s'est assis sur la terrasse, le corps droit comme un piquet, on dirait qu'il scrute le cimetière.

Tout a pris une allure fantomatique ce matin. Une brume épaisse encercle le mas et on n'y voit pas à trente mètres. Claudie se fait l'effet d'être sur une île, ou sur un nuage. Les silhouettes des arbres et autres constructions apparaissent par endroits dans le gris, puis sont à nouveau masquées, au gré des mouvements lents du brouillard. Un silence opaque s'est abattu sur le tout ; seules quelques voitures sur la grande route mais pas un pépiement d'oiseau. On dirait que la nature attend.

Au moment même où une silhouette massive émerge devant le portillon, Justin jaillit de la cuisine, habillé et le cheveu humide. Il descend les quelques marches à la rencontre de son ami. Le chien n'a pas bronché.

– Je te présente David, mon copain branché internet. Et voici Claudie.

Le gros jeune homme serre maladroitement la main de la jeune femme qui craint de perdre sa main broyée par l'étau. Mais non, la poignée est franche et sèche, sa main en ressort intacte. Elle suit les deux comparses dans la cuisine.

On s'installe à table, on sort les tasses, les couverts, le pain et la confiture. Les deux hommes ne sont pas des bavards : le gros a tendu son enveloppe épaisse et le maigre en sort tranquillement les feuilles photocopiées. Claudie trépigne, elle voudrait les lire aussi mais elle n'ose pas s'interposer, elle attend sagement.

– Bon mon pote, tu vas peut-être nous faire un petit résumé, non ? lance enfin Justin.

David termine sa tasse et enfourne une nouvelle bouchée de pain avant de répondre la bouche pleine :

– Ouais, alors, comme tu me l'as suggéré, j'ai cherché sur le net où tu sais ; d'abord avec le nom de COLIENI et là on en trouve une palanquée. Bon ceux qui nous intéressent, ils sortent des fichiers en 41 avec pour adresse la Suisse comme on le savait. Tu les trouves au rayon des mécènes ou des galeries d'exposition de peinture, en association avec d'autres noms, t'as tous les détails dans les pages - une autre bouchée et il se sert à nouveau un café - sur toute la période de la guerre je n'ai pas grand-chose parce que l'histoire s'est un peu arrêtée de tout notifier en détail, mais je t'ai trouvé quelques articles où le nom ressort à propos d'expositions ou dans les biographies d'artistes de l'époque. Bon pas d'enfants, pas de parents à part la sœur. Celle-là, elle est morte en Suisse apparemment, et elle est enterrée encore là-bas, des suites d'une maladie longue… J'ai bien cherché mais nulle part on ne fait mention de cette maladie…

– Bon et avec l'autre nom, t'as trouvé quelque chose ? s'impatiente le Justin.

– Mouais j'ai trouvé plein de trucs mais en même temps, COHEN, c'est un nom super courant, y'en a des tonnes, genre Martin chez nous, quoi. Donc j'y ai passé un temps fou mais y'a un article qui m'a titillé…

David reprend des mains de Justin, ses pages photocopiées et y fouille avec énergie, pour en sortir une en particulier qu'il tend à Claudie.

– Honneur aux dames. Donc j'ai trouvé deux petits articles de 1936 et de 37 de la presse bon marché dans lesquels on mentionne des coups de filet de la police sur un gang de faussaires dont les chefs

182

seraient un certain couple, le frère et la sœur. J'ai trouvé que ça ressemblait bigrement à ce que tu me racontais, mais ces deux-là, ils devaient être protégés en haut lieu et s'en sont tirés à chaque fois.

Claudie s'est plongée dans la lecture des petites lettres d'imprimerie peu nettes. Le texte ancien et mélodramatique fait sourire la jeune femme mais elle s'assombrit bien vite : c'est de son grand-oncle que l'on parle. Une famille de voleurs ! Il ne manquait plus que ça ! Elle relève la tête et regarde Justin qui la fixe de ses grands yeux clairs, sans vraiment la voir.

– Bon je dirais qu'un schéma se dessine mais il reste un ou deux trucs qui clochent… Allez ! La pause déjeuner est terminée ! On a du boulot ! s'écrie-t-il en se levant brusquement, on va aller prendre quelques photos en bas mais d'abord, Claudie va nous faire faire le tour du propriétaire !?

– Moi je vous attends là, conclut la baleine de sa petite voix.

C'est complètement fou : le gros balèze a une petite voix fluette et le grand maigre, un coffre de stentor.

Claudie se lève et dans son sillage entraîne Justin avec son appareil photo, dans le fond de la maison.

Ils commencent par la chambre du fond, celle d'Alice. Claudie ouvre la porte de la pièce qu'elle a refermée lundi et laissée telle quelle depuis. Les bas de contention sont toujours à leur place et elle se demande si elle les enlèvera un jour. Elle ouvre les rideaux. Justin s'approche des murs et des toiles qui y sont accrochées comme pour lire la signature souvent illisible. Minutieusement, il fait la mise au point pour chaque tableau et prend des positions folles pour avoir le meilleur aperçu ; son flash éblouit la jeune femme à chaque photographie. Elle sort de la pièce avec des étoiles qui dansent devant les yeux.

Ils ne parlent pas, ils se suivent pas à pas, se comprenant par gestes, naturellement, et les minutes s'écoulent, le temps passe. Claudie a perdu le compte du nombre de photos réalisées dans chaque pièce mais elle est certaine qu'il n'a rien oublié, ni dans les deux chambres, ni dans le couloir, le salon, et ni dans la salle à manger. Quand ils atteignent la cuisine, le gros David est écroulé sur sa chaise, il ronfle.

Claudie ne peut se retenir et elle éclate de rire comme depuis si longtemps elle ne l'avait fait, réveillant le comique en sursaut. Le spaghetti se moque gentiment puis le secoue pour qu'il les accompagne dans la caverne au trésor.

Cerbère les attend déjà, devant la voûte. La brume s'est levée et un soleil timide pointe le bout de son nez, illuminant comme des diamants, les mille gouttelettes de rosée posées dans l'herbe. La vieille porte grince un peu et Claudie se demande comment le David va pouvoir passer sous l'arche…

Ils ont porté des chandelles, maladroitement enchâssées sur les candélabres à sept branches d'Alice et le ballet de leurs ombres danse dans le silence. Petit à petit, ils sortent tout à l'air libre, organisés en deux équipes : David et Claudie ressortent un maximum de précieux paquets et Justin les ouvre et les photographie, après les avoir étalés dans l'herbe humide au moyen de gros cailloux trouvés là. Claudie a un peu râlé contre la rosée qui pourrait abîmer les papiers ou la peinture, mais Justin balaie ses objections d'un geste de la main comme s'il chassait des mouches. Le grand dadais est dans un autre monde, super concentré sur ses prises de vue.

Peu à peu le pré à côté de la maison se couvre, comme un patchwork, de dessins et toiles colorées, en même temps que le soleil se lève franchement et fait exploser les couleurs dans ses premiers rayons. Claudie croit reconnaître quelques factures dans le style de Degas, Picasso et Gauguin, mais elle n'est pas sûre et préfère garder ses remarques pour elle. Le gros David avance avec méthode et lenteur, poussant sa grosse carcasse sans plainte, dans les profondeurs de la petite cave, retranché dans son silence. Justin a attaché ses cheveux et virevolte d'une œuvre à l'autre, courant dans l'herbe, tel un elfe léger.

La petite pièce se vide lentement, et ne subsiste finalement, au fond contre le mur, qu'une valise de cuir toute craquelée. Claudie ne parvient pas à l'ouvrir, elle semble fermée à clefs ; alors elle la remonte à l'air libre et l'époussette de sa manche. Accroupie elle ausculte la serrure et tente d'y entrer chacune des clés composant le trousseau qui ne la quitte plus, mais aucune ne correspond. Il faudra donc la forcer, et tant pis si l'on casse tout. Au loin, les deux garçons sont en grande conversation, penchés sur l'une des toiles et le chien remue la queue à leurs côtés. Soudain il redresse la tête et bondit vers Claudie, les oreilles au vent. C'est vrai qu'il est beau ce chien, le poil luisant et la musculature puissante ; Claudie n'en a plus peur, elle l'attend avec le sourire. En même temps elle se demande comment elle fera si elle doit le ramener avec elle à Montpellier. Son appartement est trop petit et la ville pour une bête de cette taille, ce doit être un calvaire. Il vaut peut-être mieux qu'il reste avec Justin, il faudra qu'elle lui en parle.

Cerbère gémit et la sort brusquement de ses pensées. Un instant hagarde, elle se souvient qu'elle réfléchissait à forcer la serrure ; elle tourne la tête à droite et à gauche mais ne trouve aucun objet susceptible de l'aider. Puis elle repense à la clef dans l'écrin et va la chercher d'un pas vif dans la maison. La serrure correspond et elle s'escrime sur la valise. Finalement, dans un grand fracas, le vieux cuir éclate et se déchire, lorsque la serrure cède enfin. Des pinceaux rouillés et sans poils tombent au sol, quelques vieux tubes secs de peinture à l'huile s'échappent aussi, et Claudie, un instant surprise, arrache le pan restant de la valise, d'un geste rageur. Tout l'ancien matériel de Sarah est là. Tout est pourri, vieux, rouillé et sec. Rien ne servira plus jamais. Elle déballe peu à peu le contenu sur le sol, libérant une blouse en lin fripée et couverte de tâches colorées, des chiffons sales, de petits pots de métal qui devaient contenir l'essence de térébenthine, des crayons, des gommes, des fusains, des craies grasses et sèches, une éponge, quelques couteaux de peinture,… Une grande tristesse l'envahit soudain à voir ces objets sortis du passé d'une morte. Chacun d'eux pourrait raconter son histoire, leur manche portant encore, à travers les restes de peinture craquelée, l'empreinte de la main qui les utilisa. Un petit paquet plat ficelé attire l'attention de la jeune femme ; le papier qui le couvre est devenu transparent en traversant les âges, et lorsqu'elle l'ôte, un petit bloc rigide de feuilles reliées lui tombe entre les mains. La couverture noire en cuir est finement travaillée à la feuille d'or qui dessine deux M entrelacés. Claudie l'ouvre délicatement. Sur de nombreuses pages, il y a des esquisses, des dessins au crayon ou à l'aquarelle, avec quelques indications dans la marge, d'une écriture de fourmi. Mais certaines pages ne portent que des mots et des phrases. Claudie commence sa lecture : c'est un journal intime.

Le journal d'une certaine Mona.

Le gros chien détourne la tête vers la vigne et s'en va, laissant Claudie à sa découverte.

Place de la grand Font, un grand vent se lève, une soudaine bourrasque isolée et concentrée. Elle soulève les feuilles des platanes tombées sur l'asphalte et les entraîne dans une ronde joyeuse, toujours plus haute, vers le ciel.

Une petite fille qui marche sur le bord du trottoir, tenant fermement la main de sa mère, stoppe brusquement, les cheveux dansants dans la brise. C'est une petite fille sage, aussi jolie qu'une poupée, avec de grands yeux bleus. Sa mère a stoppé sa course brusquement ralentie par l'enfant arrêtée. Elle se penche vers elle pour comprendre pourquoi l'enfant n'avance plus, mais la petite poupée ne l'entend pas. Sa mère la prend aux épaules et la secoue un peu, réitérant ses questions. Et la petite fille ne répond toujours pas.

Elle frissonne, un peu effrayée de toutes les voix qu'elle entend dans ce vent. Des voix douces et câlines, comme une musique indienne des temps lointains. Une musique qu'elle n'a jamais entendue, mais qu'elle voudrait écouter encore, encore et toujours. Et les feuilles continuent de tournoyer autour.

Puis soudainement tout s'arrête, les voix et le vent. Alors la petite fille reprend sa marche ravie.

Le journal de Mona 9

Tout comme le jour de notre arrivée à l'institution Sainte Odile, il est des moments qui resteront gravés à jamais en ma mémoire. Ce fameux vernissage en fait partie.

J'accompagnais Matéo dans ses sorties nocturnes depuis peu, ayant peur soudain de le laisser seul. Cela ne semblait pas le contraindre, au contraire. Il était fier de me présenter comme « sa moitié », et les gens se demandaient sans cesse ce que cela signifiait en réalité.

Ce soir-là, nous connaissions déjà la plupart des personnalités présentes, et il allait d'un groupe à l'autre, à la recherche de nouveauté. Du coin de l'œil je suivais ses pérégrinations, peu absorbée par toutes ces mondanités, si futiles à mes yeux, si nécessaires aux siens. Quand tout à coup je le vis s'immobiliser devant une jeune femme blonde tout comme moi, et quand celle-ci se retourna, je compris sa stupeur. Elle me semblait être moi-même en tout point, comme une copie conforme.

Cette ressemblance ne pouvait sauter aux yeux qu'à nous deux, car nous n'avions pas le même maintien ni les mêmes manières, la jeune fille paraissant assez mal à l'aise en ces lieux et peu habituée aux coutumes du grand monde. Et puis elle portait de vilaines lunettes. Mais je vis, de loin, les yeux de Matéo se remettre à briller de leur ancien feu, et mon cœur se remit à battre furieusement.

Après ce fameux soir il n'eut de cesse de la retrouver. Pas d'amour en lui mais la possibilité d'un jeu, assez cruel je l'avoue. Je retrouvais mon frère plus vivant que jamais et cette seule pensée suffisait à me rassurer.

Je ne posais pas de questions, je devinais, je comprenais...
Alors je laissais les choses se nouer.

X

Vendredi après-midi.

Justin et David sont apparus soudain devant Claudie. Cela fait un petit moment qu'ils la cherchent et c'est Cerbère qui leur a montré où la jeune femme se cachait. Ils la trouvent assise par terre sur le sol poussiéreux du garage, penchée sur un petit livret noir, les cheveux tombants masquant son petit visage. Lorsqu'elle lève les yeux, ils sont surpris de la voir en larmes mais n'ont pas le temps de lui demander ce qu'il se passe. Elle se met brusquement debout, et sans un mot, s'enfuit vers la maison pour s'enfermer dans sa chambre.

Justin ramasse le petit livret tombé dans la poussière et en tourne les pages, comprenant alors ce qui se trame. Les deux garçons décident de laisser la jeune femme un peu seule et s'en retournent vers le pré. Méthodiquement ils ramassent toutes les œuvres, les roulent à nouveau pour les enfermer encore une dernière fois dans leur écrin de carton, de tissu ou de papier. Le gros David refait son trajet à l'inverse, retournant déposer chaque paquet dans la petite pièce en sous-sol. Il leur faut presque deux heures pour tout ranger à nouveau, et le petit journal noir, glissé dans une poche de sa veste, tapote la cuisse de

Justin à chacun de ses gestes, comme pour le titiller.

Un dernier effort pour fermer la porte vermoulue et les deux amis s'en retournent vers la cuisine.

Justin se lave les mains, les sèche en réfléchissant. A grands pas mais sans bruit, il s'approche de la porte de chambre de Claudie. Il tourne la poignée mais la porte est fermée à double tour. Un instant silencieux, il sait que la jeune femme l'entend derrière la paroi, alors il chuchote :
– Je te laisse mon numéro de téléphone sur la table de la cuisine, si cela ne va pas, tu peux m'appeler. Je dois aller au village avec David pour travailler sur nos photos et contacter Arthur le gendarme que tu as déjà vu ; mais je reviens ce soir vers dix-sept heures. Pense à manger un peu. Je prends aussi le petit journal noir. Ok ?
– Ok, répond la voix de Claudie, ni chaleureuse, ni violente.

Le jeune homme tourne les talons et entraîne la baleine dans son sillage direction la sortie.

Quand Claudie entend le bruit de la voiture qui s'éloigne, elle se redresse sur son lit.

Elle se tourne hagarde vers le grand miroir pendu au mur et observe en silence son reflet. « Qui suis-je ? » Les mots les plus violents assaillent ses pensées : horrible, atroce, immonde, monstrueux, folie, dégoût, et bien d'autres encore. Tout à coup elle ne sait plus ce qu'elle doit faire. Se recroqueviller dans son lit sous la couette ou fuir loin, le plus loin possible ? Oui, c'est ça, elle va tout fermer à clef et fuir. Elle se lève soudain et comme une folle, emballe ses maigres vêtements dans sa valise. Elle court jusqu'à la salle de bain récupérer ses affaires de toilette. Elle prend quand même la peine de ranger les serviettes sèches et de retendre les draps de son lit… et elle s'affaisse à genoux, la tête entre les bras, sur la courtepointe jaune. Elle éclate en sanglots.

Non, elle n'a jamais fui. Non ce n'est pas la bonne idée. Il faut se battre, il faut combattre, il faut tout dire, tout expliquer. Il faut regarder la réalité en face. Elle doit se construire avec son passé, pas contre lui. Elle reste ainsi prostrée et silencieuse, longtemps…

Claudie revoit cette grand-tante couper le melon à midi et le porter sur la table. Elle revoit la vieille femme marcher à petits pas dans la maison, dans ses grosses charentaises. Une image d'elle assise sur le canapé devant la télévision, une couverture sur les genoux. Là elle l'accompagne dans Montpellier avec son petit sac noir verni, accrochée à son bras, effrayée de tout ce trafic de grande ville. Une multitude d'images assaillent la jeune femme, les images d'une femme toujours vieille, toujours seule mais faisant bonne figure, et soudain elle ressent de la peine pour la vieille dame. Une profonde tristesse sans larmes l'envahit.

Une grande paix l'habite enfin, ses mains ne tremblent plus. Cette sensation de calme interne, elle sait ce que cela signifie : elle a pris la bonne décision.

L'image furtive de la grand-tante apparaît devant ses yeux : celle-ci la regarde avec douceur, les yeux bons. Claudie lui parle. « Oui tu as fait ce que tu as fait, mais moi que dois-je te reprocher ? J'ai vécu ici des années de bonheur, de paix et tu fus toujours avec moi dans les pis moments, à ta façon, mais avec moi. Je ne peux le nier, je ne peux l'oublier… »

La jeune femme se lève et sort calmement de la chambre. Elle ramasse les lettres bleues posées sur la table du salon et les range dans un tiroir du buffet de la salle à manger, loin de sa vue. Elle monte dans la cuisine, et comme dans un songe, elle mange un peu de fromage avec du pain. Pour calmer ses pensées, elle a allumé la radio et l'écoute réellement pour la première fois depuis longtemps. Les autochtones appellent pour proposer à la vente toute sorte d'objets qu'ils n'utilisent plus. Cela va de l'essore salade au camping-car, en passant par la chambre style Louis XV, la perceuse et le vélo d'appartement. Ils ont l'accent d'ici, un peu chantant du sud et un peu gouaille des paysans. Claudie sourit ; elle aussi possède plein de trésors… Non, mais en vérité, elle ne sait absolument pas ce qu'il faut en faire.

En allumant sa clope, elle pense aux Pichon. Il va falloir les contacter et leur expliquer ce qu'ils ne soupçonnent pas, quoique… Le gros Hervé a eu une phrase bizarre un jour, elle ne sait plus laquelle exactement mais elle se souvient que ses mots l'avaient troublée. A-t-il compris quelque chose ? Elle voudrait qu'il soit là maintenant pour s'en assurer, lui poser des questions, qu'il la rassure et la console. « Lui ? »

Et puis il y a aussi Lucie Chauvet, la gentille Lucie, qui attend des réponses depuis si longtemps. Comment lui annoncer la nouvelle ? Quels autres drames risque-t-elle de déclencher en jetant la vérité à la figure des gens ?

Justin tient son article, ça c'est sûr. Mais Claudie ne veut pas que cette histoire paraisse dans les journaux, elle ne veut pas que toute cette merde soit jetée en pâture à des inconnus qui ne comprendraient rien. Que la vérité soit faite, certes, mais pour un groupe seulement, ceux qui ont connu ces lieux et dont l'intime y est lié. Les autres n'ont pas besoin de ça.

Mona, Alice, Simon et Sarah, Cohen, Coliéni, les lunettes, les yeux clairs… Tout se mélange, tout se mêle, pour créer une vie. Une vie faussée.

La jeune femme se lève en soupirant ; elle sent la fin de l'aventure et elle ne peut rester sans rien faire. Alors elle va chercher l'aspirateur, la serpillère avec son seau et se lance dans un dernier mouvement, un grand ménage réparateur. Elle commence par la chambre de sa tante, qu'elle ne sait plus comment appeler maintenant, et tout en ordonnant les lieux, lave les sols et dépoussière, comme si elle se lavait de ses doutes, comme si elle repartait sur des bases neuves.

Elle a presque terminé, laissant toutes les fenêtres grandes ouvertes pour bien aérer, lorsqu'elle entend la voiture de Justin se garer devant la maison. Le géant apparaît sur le perron, l'œil triste et la regarde sans plus bouger. Claudie sent bien qu'il veut dire quelque chose mais qu'il n'ose pas. Les secrets ont à nouveau creusé le fossé qu'ils avaient réussi à combler depuis peu, entre eux. Alors la jeune femme lui sourit, pour le rassurer.

– Tu as pu manger quelque chose ? s'enquît il l'air réellement inquiet.

– Oui, ne t'en fais pas. La Claudie est costaude…

Il s'assied près d'elle sur les marches dehors.

– Tu as vu le chien ? demande-t-il enfin.

– Ah non tiens. Il doit courir dans le coin je suppose.

– Mmm, je ne crois pas. Je pense qu'on ne le verra plus de quelques temps.

– Ah bon pourquoi ?

– Parce que c'est fini, Mademoiselle Chance…

Le silence s'installe à nouveau, leurs regards tournés vers les Grads.

– Moi, je l'aurais bien gardé ce chien, murmure Claudie.

Justin a un petit haussement d'épaules, comme un rire réfréné et muet.

– Tu n'aurais pas pu. Je crois qu'il remplit une mission, et depuis trop longtemps. Il est comme un songe. Il apparaît en un lieu, la vérité jaillit et il s'en va…

Il tapote le genou de la jeune femme et se lève :

– Bon allez, on arrête les rêveries et on met tout en place pour la scène finale. J'ai beaucoup de choses à te dire et à te montrer.

Alors Claudie se lève aussi et le rejoint dans le salon sur le canapé. Cela sent le produit pour sols parfumé à la lavande et Claudie redécouvre la maison comme au premier jour. Elle regarde le décor avec des yeux neufs. Justin a posé sur la table laquée ses notes et le petit journal à la couverture noire. Les yeux de Claudie glissent dessus.

– Bon tout d'abord, je propose qu'on réunisse tout le monde demain. Qu'en dis-tu ? attaque le poulpe.

– Tout le monde, tu veux dire les Pichon et Lucie Chauvet ?

– Oui mais je ferai venir aussi Arthur et David.

– Tu crois qu'ils vont rouvrir une enquête ?

– Non, ne t'inquiète pas non plus pour toi. Je connais bien Arthur et il est intelligent, très fin. Il va bien tout enregistrer et sûrement confisquer tout ce qui est caché dessous mais je ne vois pas vraiment ce qu'il pourrait en faire… Donc je propose qu'on les réunisse tous demain et qu'on leur raconte l'histoire qu'on a démêlée tous les deux. Alors ?

– Ok, je suis d'accord, mais ne compte pas sur moi pour faire le récit ; je te laisse t'en charger.

– Alors on va réviser ensemble le déroulement des faits… à moins que cela ne te gêne finalement ?

– Ne t'en fais pas…

Et Claudie sent le rose monter à ses joues. Cela fait bien longtemps qu'il n'y avait pas eu une telle sollicitude pour sa petite personne.

Elle croise les bras et regarde le poulpe bien droit dans les yeux, comme pour le mettre au défi. Alors, Justin se lance dans son récit…

Plus tard, lorsqu'ils auront bien recollé tous les morceaux, que Claudie aura pris quelque fois sa tête entre ses mains comme pour se forcer à y croire, se dire que c'est réel, que Justin l'aura rassurée et consolée, plus tard donc, lorsqu'ils auront remonté le temps et l'écheveau des mensonges et impostures, ils prendront leurs vestes, fermeront les portes et rejoindront David dans le bar que les deux hommes affectionnent, place de la Grand Font. Histoire de se changer les idées, de penser à autre chose.

Et plus tard encore, après un sandwich et quelques bières, dans la nuit noire et sèche, le grand dadais raccompagnera la petite trapue jusqu'au mas, attendra qu'elle se couche dans sa chambre, tranquille, pour s'allonger sur le canapé et s'endormir lui-même. Histoire de ne pas la laisser seule.

Car le grand chien n'est toujours pas revenu…

Au fond de la vigne dans les broussailles, en limite avec la grande route, là encore où il n'y a plus d'éclairage public, deux yeux luisent dans la nuit noire. Cerbère, caché dans les ronces regarde une dernière fois la maison aux volets clos. Il a vu les deux jeunes y entrer et se coucher, les lumières s'éteindre une à une, et la nuit reprendre son calme.

Alors il leur adresse comme un au revoir muet, se détourne de cette vision et part en trottinant, de l'autre côté de la route. Il va courir et marcher longtemps, vers son nouveau but, sa nouvelle destination.

Il serait bien resté avec ces jeunes, mais non.

Ici tout est terminé pour lui.

Le journal de Mona 10

Le ciel s'assombrit à nouveau au-dessus de nos têtes. Nous avions cru pouvoir échapper à notre malédiction en changeant nos noms, notre confession. Mais voilà que le sort nous retrouva.

La guerre se rapprochait de nous et avec elle des menaces atroces, des bruits immondes. Tout notre cercle d'amis semblait touché et se préparait. Certains décidèrent de rester cachés sur place en maquillant leur identité, d'autres voulurent partir très loin.

Pour nous c'était encore plus grave. Quelqu'un nous avait trahis à nouveau, quelqu'un qui nous en voulait, quelqu'un de jaloux encore. Devenus juifs, nous étions devenus encore plus fragiles. Quelle ironie ! Notre petit commerce fut menacé. Des doutes sur notre entreprise planaient dans l'air. On recherchait un frère et sa sœur, des jumeaux. Il nous fallait réagir vite avant que tout ne s'effondre.

Moi je regardais Matéo virevolter d'une solution à l'autre, comme un papillon pris dans la lumière. La nuit dans son sommeil, il prononçait sans cesse « Alice », comme une formule magique, et ne s'apaisait que lorsque ma main caressait son front moite.

Est-ce la peur qui revint en moi ?

Je n'avais plus faim, je n'avais plus froid mais je sus bien au fond de moi, que plus rien ne serait comme avant ; nous avions joué et nous étions en train de perdre. S'il avait su mes pensées...

La petite oie vécut sur son nuage et nous rendit de fréquentes visites. J'essayais du mieux que je le pouvais, pour mon frère, mais elle m'ennuyait profondément. Je n'osais affronter Matéo sur ce sujet.

Mais ce fut lui, un soir de beuverie, qui m'informa que finalement elle nous serait bien utile sa belle oie blanche.

Un pedigree de paysanne bien française, des terres et une maison dans un petit coin de campagne reculé, mais surtout, peu de famille...

De quoi fuir et changer d'identité encore. De quoi transformer deux jumeaux en couple respectable. De quoi changer l'interdit en légal...

Qu'étions-nous au final ?

Des monstres.

XI

Samedi, le matin

Les gendarmes sont entrés par le portillon vers neuf heures. Encore endormi, Justin les a accueillis, leur a proposé un café et leur a montré la petite pièce secrète sous la maison. Les six hommes menés par Arthur ont retroussé leurs manches.

Depuis c'est un ballet incessant de fourmis humaines qui portent les toiles enveloppées, de cette cache jusqu'à un gros camion garé dans la rue. Pour chaque œuvre, on déplie le paquet, prend une photo et annote une liasse de feuilles blanches ; puis on refait le paquet et on y pose un scellé, avant de le ranger dans le camion.

Le poulpe a laissé Claudie dormir tout son saoul. Avec beaucoup de douceur, lorsqu'enfin elle se lève, il lui explique le pourquoi de tous ce mouvement sur sa propriété ; c'est sûr que les rares voisins vont jaser, mais tant pis.

Depuis elle ne se lasse pas de regarder l'étrange mouvement des uniformes bleus, sur l'herbe verte de son pré. Au loin les voitures qui passent ralentissent imperceptiblement, et Claudie imagine les conducteurs se tordre le cou pour comprendre ce qui se passe. Les vieux du bout de la rue près du parking de l'hôpital, sont debout sur leur terrasse, le regard rivé vers l'animation locale. Lui, les bras croisés sur le ventre et elle les mains sur les hanches. En face, la jeune femme aperçoit le rideau de dentelle d'une fenêtre soulevé, mais pas le visage qui observe derrière, caché dans l'obscurité.

Ils ne la regarderont plus jamais de la même façon la petite demoiselle qui passe devant leur porte pour aller faire ses courses au village. Sûr qu'ils auront tous leur version, bien loin de la vérité. A moins qu'ils ne croisent Lucie Chauvet du virage, qui les remettra vertement à leur place en prenant sa défense.

Mais le pourra-t-elle encore après les révélations ?

Claudie sent que son séjour touche à sa fin. Dans ses tripes, dans ses veines, elle ressent la paix ; l'indéfinissable sentiment d'inachevé qui l'habitait depuis son arrivée a disparu. Elle n'a plus besoin d'errer entre ces murs pour combler un manque. Elle se sent triste et en même temps pleine.

Elle sait aussi que le point final de ce séjour étrange passe par le récit de la vie d'Alice à tous les protagonistes locaux de l'histoire. Comme une enfant, elle trépigne en attendant ce moment, moment qu'elle redoute aussi au plus profond. Pas pour elle, mais pour eux.

Les deux jeunes gens, apaisés, ont petit-déjeuné tranquillement sur la terrasse ensoleillée et pris leur douche à tour de rôle. Ils ont maintenant l'impression de se connaître depuis si longtemps, complices sans mot, comme des amis de longue date. Et ils ressentent tous deux l'absence de Cerbère avec tristesse.

– Parfois je me demande si je ne l'ai pas rêvé… lance la jeune femme entre deux bouchées.

– Moi aussi il m'a fait cet effet longtemps mais je l'ai trop croisé pour le croire. Et puis d'autres personnes l'ont vu aussi ; mais toujours par ici. Il semble attaché à cette région, comme une légende, répond le poulpe.

– Une légende un peu sombre, non ?

Claudie laisse passer un blanc ; sur la route devant le portillon, le camion bleu se remplit peu à peu.

Justin reprend :

– Brigitte Pichon m'a dit dans un murmure qu'elle n'avait pas trop fait attention aux paroles d'Alice, les derniers jours, lorsque celle-ci lui répétait qu'il y avait un gros chien noir qui trainait dans le quartier et qu'il lui faisait peur. Pourquoi peur ? Je vois mal ta grand-tante terrorisée par un chien, je n'arrive pas à l'imaginer…mais il semblerait que celui-ci l'épouvantait. Et la brave Brigitte a cru que la vieille dame commençait à déménager. Rappelle-toi qu'en plus il attendait devant la grande porte d'entrée le matin où elle a trouvé Alice morte. Elle est convaincue qu'il a aboyé dans la nuit pour attirer la vieille dame et que du coup, de peur, elle est tombée dans son escalier et qu'elle en a fait une crise cardiaque…

Justin se tait. Son regard se perd un instant sur les collines des Grads, et lentement il reprend la lecture de son journal, les cheveux au vent.

Subrepticement, la jeune femme l'observe derrière sa tasse de thé. Lui aussi a retrouvé un air paisible, ce matin. Aucune trace de sa fébrilité passée, les cheveux peignés, le visage rasé de près, les vêtements propres. Il est tranquillement assis dans la chaise longue, les pieds posés sur le muret de la terrasse, sa feuille de chou pliée à bout de bras, concentré en une lecture silencieuse.

– A quoi penses-tu Mademoiselle Chance ?

Oups ! Claudie rosit, revenant à la réalité. Dans les yeux pâles une lueur amusée…

– Rien. Je me disais que ton enquête prenait fin, que tu allais pouvoir à nouveau dormir sur tes deux grandes oreilles.

Il éclate de rire, le premier depuis longtemps, de son grand rire sans son. Les fourmis bleues ralentissent un instant.

– Et tu te trompes. Cette quête est sans fin. Certes cette fois-ci j'ai pu approcher la bête de près et elle ne m'a pas mordu. Mais je veux comprendre… C'est le chien qui m'intéresse Claudie, juste le chien.

« Et je ne te crois pas », pense Claudie. « Sinon que ferais-tu ici, en cet instant ? » La jeune femme se lève, un peu vexée malgré tout et décide de préparer le repas du midi. Il sera frugal car composé des restes pour vider le frigo et parce que finalement, elle n'a pas grand faim. A l'aide de conserves de maïs, cœurs de palmiers et des trois tomates qui trainent, elle compose une petite salade. Elle installe la table dehors, Justin n'a pas bougé une oreille. L'équipe des gendarmes se sépare pour la pause de midi mais Arthur reste près de camion, avec son sandwich.

Justin l'invite à les rejoindre, mais non, il est bien, installé sur l'un des bancs devant le cimetière.

Ils ont rangé ensemble la cuisine, puis Claudie a laissé Justin contacter tout le monde, les uns après les autres. Aucun n'a émis de remarque, personne ne s'est désisté, comme s'ils avaient tous senti que ce moment arriverait.

Les fourmis bleues, qui ont repris leur travail, en ont terminé avec la petite pièce sous la maison et les voilà qui s'attaquent à l'intérieur de la maison. Claudie et Justin les guident dans chaque pièce, l'un pour décrocher, l'autre pour photographier en sa mémoire une dernière fois les lieux de son enfance. Elle sait que maintenant, même si elle garde la maison, elle sera obligée de tout changer, tout repeindre, déplacer les meubles, refaire le parquet, tendre de nouveaux rideaux de couleurs vives... Comme pour donner aux lieux une nouvelle âme, pour entamer une nouvelle histoire avec eux. Faire table rase du passé de toutes les façons possibles.

Le va et vient des gendarmes reprend…

Il a préparé notre voyage ultime : changer encore de nom en maquillant le précédent, se marier et fuir en Suisse où certains nous attendaient déjà. Renier la confession dangereuse que nous avions eu tant de mal à nous approprier.

Dans les jours qui suivirent, nous emballions nos trésors avec précaution, le précieux chargement s'échappant des frontières grâce à nos plus hautes relations.

Convaincre l'oie fut une tâche facile mais je ne pus m'empêcher de verser quelques larmes et de fuir quand Matéo se pencha vers elle pour la demande. Elle ne se doutait point alors, que ce mariage ne serait sans nul doute jamais consommé...

Je suis dure avec elle, car il faut reconnaître qu'elle fut courageuse. Se doutait-elle de quoi-que-ce-soit ? Je ne pense pas au jour d'aujourd'hui, mais sa naïveté jouait en sa faveur, malgré toute ma haine, je ne parvenais pas encore à lui en vouloir.

Nous avions quitté un monde pervers de paillettes et d'hypocrisie, un monde sans cesse en mouvement, pour finir dans un lieu si tranquille et immobile que nos premiers temps furent difficiles. Tant de puritanisme et d'austérité contrastait fortement avec nos anciennes habitudes. Seule la petite oie semblait tirer partie de la situation, en épouse douce au bon sens paysan.

Elle ne se plaignit jamais et je voyais son rôle dans le trio grandir avec certitude et déplaisir. Peu à peu Matéo se rapprochait d'elle, comme d'une amarre dans la tempête, mais c'est à moi que cette place devait revenir.

Je repris mes pinceaux, encore plus cachée qu'auparavant, car il fallait vivre et nous ne savions pas faire autre chose, mon frère et moi, que ce que nous avions fait jusqu'à présent. Je retrouvais mes transes anciennes et Matéo son mutisme enfoui. Seule la petite oie amenait un peu de vie dans la demeure avec son babillage incessant et ses joies futiles.

J'en vins à la haïr, à la fuir par peur de moi-même. Et plus je m'éloignais d'elle, plus je m'éloignais de mon frère...

J'étais perdue, sans repères.

XII

Samedi, l'après-midi.

Ils sont tous venus sur le coup des quinze heures. Certains à pied et d'autres non.

Les voilà assis dans la salle à manger, autour de l'énorme table sculptée, sur laquelle Claudie a posé sept verres et deux carafes d'eau. Ils se sont installés sans ordre établi, se sont serré la main ou tapé la bise, un peu gênés de se retrouver ici, et sagement ils attendent le coup d'envoi.

Il y a là, monsieur et madame Pichon, côte à côte. Elle a croisé ses mains sur ses genoux et baisse les yeux comme pour se concentrer, restant silencieuse ; lui a la moustache hirsute et son gros ventre en avant, écrasant la chaise de velours de toute sa masse. D'un geste affectueux et rare, il pose doucement sa main sur celles de sa femme. Près de Brigitte, Lucie Chauvet a pris sa place, en posant son chapeau devant elle sur la table, un bel exemplaire aujourd'hui, avec des oiseaux en plastique rose piqués sur le devant. De ses petits yeux vifs, elle regarde chaque visage tour à tour, les lèvres pincées. Sur sa gauche, c'est le jeune Arthur, abandonnant ses collègues un moment, qui s'est installé. Lui aussi ne bronche pas ; il sort son portable de sa poche et joue avec, dans le silence grave. Enfin le gros David avec sa masse de feuilles polycopiées, puis Justin et Claudie.

Tout le monde attend sagement, dans un recueillement religieux.

Alors Justin se lève.

– Merci à tous d'être venus si vite. Je vais dans quelques minutes vous raconter toute l'histoire d'Alice, mais dans un premier temps je dois vous demander à tous de garder le secret sur cette histoire pour des raisons que vous comprendrez bientôt.

Chacun des membres de l'assemblée acquiesce en silence.

– Avant de commencer aussi, je dois demander l'autorisation à madame Lucie Chauvet de révéler ici ce qu'elle nous a conté l'autre jour, parce que le moindre détail a son utilité dans cette histoire… continue Justin en se tournant vers l'intéressée.

Celle-ci semble réfléchir mais finalement accepte d'un petit mouvement de tête. Alors le jeune homme attrape le petit journal à la reliure noire et or et commence lentement sa lecture.

Claudie a déjà lu et relu ces quelques pages, elle n'écoute pas vraiment mais observe avec douceur les différents visages. Bien entendu, le jeune gendarme ne bronche pas ; pour sa part il connaît déjà l'histoire car ils ont dû avoir son aval pour mettre au point cette petite réunion. Même si les faits remontent à des années lumière, il reste toutes les œuvres découvertes. Elles sont illégales, ce sont des faux, très habiles. Les laisser traîner dans la nature reste dangereux. A ce sujet, Arthur a dû contacter quand même ses supérieurs et annoncera plus tard la décision finale qui a été prise en haut lieu.

Mais les réactions sont tout autres pour les Pichon et pour Lucie.

Le couple, aux premiers mots de Justin, reste calme. C'est normal, ils ne se sentent pas concernés par la jeunesse d'Alice, à l'époque ils n'étaient même pas nés. Mais peu à peu, au fil du récit, leurs visages changent. Lui reste maître de ses émotions, pas de tremblements ni de sourcil levé, même si l'on voit son teint devenir de plus en plus rougeaud. Pour sa femme, Brigitte, c'est un peu plus violent : calme et toujours muette, elle ouvre peu à peu de plus en plus la bouche, à s'en décrocher la mâchoire. Ses lèvres s'agitent comme si elle voulait prendre soudain la parole mais n'osait pas interrompre Justin. La voyant de plus en plus agitée, son mari remue sur sa chaise, et Claudie, en entendant le bois gémir, craint que celle-ci ne cède sous le poids. Ce serait d'un bel effet comique mais ce matin l'heure est grave, pas de comique.

Lucie pensait ne rien apprendre de particulier ce matin, elle ne savait pas pour la pièce cachée sous la maison, remplie de faux. Allant de surprises en surprises, elle a elle aussi ouvert grand la bouche, puis l'a fermée ; les yeux baissés elle a tripoté son chapeau de ses doigts nerveux, allant jusqu'à arracher, silencieusement, l'un des petits oiseaux roses. Maintenant, elle cache son visage entre ses mains et pleure sans bruit. Claudie est trop loin de la vieille dame pour intervenir rapidement, elle hésite, alors que Brigitte réagit enfin, comme sortie d'un songe et pose sa main sur le bras de la vieille institutrice en signe de réconfort.

Arthur, aux premiers mots de Justin, a coupé son mobile et l'a rangé dans sa poche. Les bras croisés, il ne bouge pas. Mais tout comme Claudie, il étudie gravement chacun des visages présents, et derrière ses yeux vifs, on imagine tous les rouages de son esprit en grande activité.

Enfin, il y a David, qui malgré sa silhouette imposante et ses gros bras croisés sur son ventre, a une capacité incroyable à se faire oublier, comme transparent.

L'histoire d'Alice selon Justin se termine et le silence est toujours là.

Monsieur Pichon intervient le premier, pour une fois sans hurler :

– Je le savais au fond de moi… Un jour elle pestait dans l'établi, devant ses pots de peinture pour ses volets et elle se croyait seule. Elle m'avait pas entendu venir avec mon tracteur que j'avais laissé sur la route. En entendant ses cris, je me suis approché car j'ai cru qu'elle s'était fait mal, mais elle ne m'a pas entendu. J'allais parler pour lui dire que j'étais là quand elle s'est mise à insulter son

Simon, qui était déjà mort depuis longtemps et elle disait aussi « cette pauvre Alice ». Je comprenais pas tout mais j'ai bien entendu le « moi Sarah » qu'elle a répété plusieurs fois. Je suis reparti vers la vigne en la laissant, elle ne m'avait toujours pas entendu et je me suis pas trop posé de questions. Je pensais que la vieille perdait un peu la boule ou alors qu'elle se récitait une pièce de théâtre, bref j'ai plus pensé à tout ça après. Je sais pas pourquoi je vous en ai parlé l'autre jour, qu'elle s'appelait pas Alice… c'est sorti tout seul.

– Moi je ne me doutais de rien… Mais alors rien de rien, murmure Brigitte. Si j'avais su, oh mon Dieu, si j'avais su… Mais elle a toujours été bien gentille avec moi, ça c'est sûr …

Et elle ne sait plus vraiment quoi dire. Elle regarde tour à tour chacune des personnes autour de la table, comme si elle cherchait l'absolution. « Mais le pardon de quoi ? » se demande Claudie. « De quoi serions-nous coupables ? Nous ne pouvions pas savoir… et pourtant nous nous sentirons toujours coupables ; chacun de nous d'une façon différente, plus ou moins coupables. »

Enfin il y a Lucie. Elle a séché ses yeux mais ils restent humides. Elle se contient, très pâle, très digne. Et c'est d'une toute petite voix qu'elle parle quand Justin la regarde interrogatif, pour conclure :
– C'est l'hypothèse que j'ai toujours niée… Au fond de moi je le savais, mais je n'ai rien dit, rien fait… Je l'ai toujours soupçonné…

– Et qu'auriez-vous pu faire chère madame ? demande le gendarme. Pas de corps, pas de preuves, le néant.

Justin a posé le petit livre près des trois villageois pour qu'ils puissent le feuilleter à leur aise si l'envie leur prend. Lucie a un mouvement de répulsion mais Brigitte s'en empare et tourne les feuilles délicatement pour regarder les dessins et esquisses.

– Et les tableaux alors ? demande-t-elle sans lever les yeux de sa lecture.

– Ah oui les tableaux, reprend Justin, se tournant vers le gendarme.

– Ils sont tous confisqués, même ceux qui sont à l'intérieur, d'ailleurs. Mis sous scellés et enregistrés dans nos locaux. On ne peut pas les laisser ici, ils pourraient tomber entre de mauvaises mains. Ce sont des faux de très bonne facture.

Arthur se lève alors et sort de la maison pour rejoindre ses collègues. Ce faisant, il donne le signal à tous les autres : ils voudraient bien rester encore un peu, ils ont de la peine pour la jeune Claudie. Mais ils ont aussi tellement envie de partir d'ici, de fuir… Alors très maladroit, chacun vient serrer la jeune femme dans ses bras et lui proposer de l'aide, lui offrir un petit mot de réconfort, savoir quand elle rentre sur Montpellier et quand elle revient les voir. Claudie a perdu une tante mais trouvé une famille. Le secret les lie indéfectiblement.

Les époux Pichon agrippent de force la pauvre Lucie, encore pâlotte ; au final, c'est elle qui a le plus perdu dans cette histoire. Une amitié profonde et par deux fois elle n'a pu ou su aider son amie, son Alice. Les jours suivants risquent d'être difficiles pour elle, mais Claudie entend Justin glisser à l'oreille de la vieille dame qu'il passera tous les jours la voir, vers les cinq heures. Sacré Justin. Pourfendeur de la justice et chevalier des vieilles dames.

Enfin David sort de la maison, les mains dans les poches, sans un mot. Claudie ne sait toujours pas ce qu'il pense, ni s'il y pense, à cette histoire, ou s'il reste perdu dans ses logarithmes informatiques et ses méthodes peu orthodoxes pour hacker sur le net. Lui aussi est en marge en quelque sorte, lui aussi un faussaire, un illégal…

Et personne n'a demandé des nouvelles du chien. Comme s'il n'avait jamais existé…

Claudie se demande si vraiment elle n'a pas rêvé.

Peut-être le croisera-t-elle à nouveau à Montpellier ? Elle n'a même pas pensé à prendre une photo de lui.

Et si elle s'offrait un chien en rentrant ?

Les jours passèrent et peu à peu Matéo retrouva de son charisme auprès des artistes ; beaucoup vinrent se reposer ou se cacher non loin de chez nous. Le pays semblait comme un havre d'immobilisme au milieu de la tempête.

Nous apprîmes des choses horribles sur ceux qui eurent moins de chance et malgré tout, nous savions, mon frère et moi, que ces temps troubles nous profiteraient. Mais nous ne voulions pas rester dans ce pays austère à jamais. La France nous manquait.

La petite oie gardait un fil ténu de contact avec sa famille. Ses parents moururent mais elle ne bougea pas. Néanmoins, le temps passant, je pressais en silence mon frère d'agir, de trouver une solution. Si sur l'un des fronts nous semblions avoir évité le pis, il nous fallait terminer notre autre combat.

J'utilisais des mots doux et tendres pour lui en parler, peu à peu, car j'avais peur de le froisser, peur de le voir reculer. Surtout peur qu'il ne change d'avis.

Au final, il ne dit rien, jamais, mais je sus qu'il agissait, à sa façon et sans me tenir informée des détails, pour me protéger.

Je nous revois en ces temps obscurs.

J'errais comme une âme en peine dans cette maison affreuse et sombre. Hantée par mes démons, mais pour les faire taire, je travaillais à mes peintures sans relâche. Comme une hystérique, sans cesse je recommençais sur mes toiles jusqu'à la perfection, mais même à ce stade final je me sentais incomplète et vide.

Matéo devint distant et froid, appliqué à copier ses semblables dans la moindre de leurs habitudes, il perdait la parole à la maison, comme s'il comptait le nombre de mots qu'il prononçait.

La petite oie joyeuse semblait comme une brise fraîche dans l'obscur. Mais peu à peu je la vis dépérir, maigrir et souffrir, son teint se faner. Au fur et à mesure que les mois passaient, elle se languissait, trop fatiguée du moindre geste. Et quand le docteur venait, souvent au début, puis de moins en moins, cachée derrière ma porte, j'entendais son savoir vain devant cette maladie étrange, qu'il nomma, pour finir : mélancolie.

Bientôt elle ne quitta plus son lit.

XIII

Justin raccompagne tout le monde au portillon, comme l'hôte de la maison, tandis que Claudie trop triste, reste figée sur son siège, dans la salle à manger. Elle a tant de peine pour Lucie, pour elle-même, pour la mémoire de sa grand-mère, et de tous les gens vivants ou morts qui furent bernés.

L'histoire est moche, l'histoire est incroyable, l'histoire est vilaine.
Les mots de Justin tournent dans la tête de Claudie. Qui, parmi la petite assemblée de ce soir, pourra dormir tranquille cette nuit ?

« Nous avons un couple de jumeaux, faussaires de grand talent : elle en peinture et lui en théâtre. Chacun joue son rôle dans la pièce qu'ils ont inventée : elle réalise des tableaux superbes et lui les revend comme des originaux. Mais une première fois, la police met la main sur la troupe, car ils n'agissent pas seuls apparemment, il faut écouler les œuvres via un bon et solide réseau. Donc le groupe finit en prison, sauf les jumeaux qui en réchappent. Comment s'appelaient-ils alors, nous n'avons aucune certitude, si ce n'est leurs

vrais prénoms : Matéo et Mona, des prénoms romanichels, confiés tout petits à un orphelinat, mais on ne sait pas pourquoi. Ils ne se font pas prendre parce qu'ils sont protégés, surtout elle, par leur talent et les profits, depuis les plus hautes sphères de l'état. Ensuite, ils apparaissent comme Sarah et Simon Cohen. Ils ont choisi une identité juive, un acte un peu fou en ces périodes troubles, mais il y a beaucoup de juifs dans le monde de l'art à cette époque alors ils pensent ainsi se fondre encore plus dans la masse. Et en même temps ils risquent doublement de se faire arrêter. La guerre approche et les premières rafles et mises à l'écart commencent pour les juifs en France. Des amis à eux changent de nom ou partent hors du pays. Il leur faut prendre une décision. Ils rencontrent Alice et ce qui les amuse dans les premiers temps, sa ressemblance troublante avec Sarah-Mona, va la conduire à sa perte. Le diable s'en mêle : changer de nom en se mariant, changer de statut, de religion, et transformer la sœur en épouse. Voilà les dés sont jetés. Et Alice a pour eux d'autres avantages importants : elle a été violentée jeune et en conserve une certaine répulsion pour les hommes, répulsion bien pratique pour Simon : il ne sera pas obligé de jouer les maris amoureux. Comme Alice ne peut plus jamais avoir d'enfants suite à son avortement dans des conditions terribles, les jumeaux sont sereins. Etant d'une nature honnête, la tante Alice, la vraie, a dû confier son histoire de jeune fille à son amoureux lorsqu'elle a senti qu'il voulait l'épouser. De Cohen ils deviennent Coliéni, ça on peut voir sur le livret de famille, le nom a été trafiqué, et s'enfuient en Suisse toujours soutenus pas les hautes sphères. La pauvre Alice ne se doute de rien… Là-bas, peu à peu la jumelle calque ses manières sur la brave épouse et Simon peaufine l'exécution avec lenteur. Le jour où elle meurt, Sarah n'a plus qu'à prendre la place de la vraie Alice et le couple, pour fuir sa fausse peine, fonce en France, surtout que le dernier membre proche de la famille vient de mourir : la demi-sœur Denise qui aurait pu, de son vivant, soulever la supercherie. Ils cachent le magot pour d'éventuels temps difficiles dans la pièce trouvée et vivent de leurs rentes, tranquilles au soleil...

Claudie sort de son songe, brusquement.

Le grand spaghetti lui prend les mains et doucement les serre dans ses grands doigts. La fièvre au fond de ses yeux est retombée. Claudie y lit juste une profonde lassitude. Ils n'ont plus grand-chose à dire, tout leur paraitrait tellement futile.

Ils sortent sur la terrasse et se perdent dans le coucher du soleil. Tout est calme et paisible ce soir. Claudie tourne les yeux vers le cimetière, vers l'inconnue qui s'est occupée d'elle, qu'elle a aimée à la place d'une autre.

Et puis elle rentre et erre dans la maison au ralenti, redécouvrant chaque détail avec angoisse et bonheur. Une grande lassitude l'envahit alors et elle se couche en douceur dans son lit, après s'être déshabillée lentement.

Justin reste un moment seul sur la terrasse. Des yeux il cherche en vain la silhouette noire d'un molosse au loin, sans grand espoir.

L'histoire se termine.

Demain il va devoir retourner dans le quotidien morne des jours tranquilles. Comme d'habitude, après chacune de ses traques, il met quelques jours à retomber sur ses pattes, à retrouver un semblant d'organisation humaine, avec des repas réguliers, des nuits complètes et des tâches concrètes. Cela dure quelques jours, quelques semaines, parfois plusieurs mois et puis un matin, au cours d'une conversation anodine ou à la lecture d'un entrefilet dans les journaux, ses antennes se dressent et il repart en chasse.

Il se lève, ferme les portes, éteint les lumières, rallume le feu de cheminée et s'allonge sur le canapé du salon sous les couvertures.

Les rideaux tirés pour que l'on m'oublie à jamais, je marchais sans bruit dans la maison, sombre de jour comme de nuit. Matéo n'était pas souvent présent, en représentation continuelle dans les cercles importants qui ne parlaient que de guerre et d'argent. Je marchais seule, goûtant au silence et au calme. Chaque jour vers midi je portais un petit plateau repas à Alice, couchée dans son grand lit. Les premiers temps elle me parla comme elle le faisait avant, à Paris. Puis peu à peu, devant mon manque de chaleur, elle se tut. Mais ses yeux me suivaient dans la chambre, sans me quitter et j'eus toujours du mal à les subir. Des yeux sombres malgré leur couleur claire, des yeux accusateurs, et avec raison. Elle mangea les premiers plateaux en se forçant ; elle jeta les suivants avec toute la rage qui lui restait ; et finalement elle ne bougea plus, elle renonça. La seule habitude qu'elle conserva jusqu'au bout, fut de boire la tisane amère que son mari lui montait chaque soir, dans sa chambre, où il lui susurrait des mots doux.

Avait-elle compris la machination ?
Avait-elle décidé d'en finir au plus vite ?

A quoi pensait-elle, toute seule, dans cette chambre ?
Elle ne versa jamais une seule larme.

Lorsqu'elle rendit son dernier souffle, ce fut moi qui l'habillai de ma plus jolie robe, tandis que je me forçai à porter l'une de ses toilettes noires. Matéo me coupa les cheveux comme elle les aimait et m'embrassa sur le front, doucement, en prononçant « Alice ».
Puis nous prîmes notre visage de tristesse pendant la cérémonie et accompagnâmes nos voisins et amis dans le cortège, vers le petit cimetière où nous avions à grand frais acheté rapidement un petit mausolée.
Depuis elle est au calme de cette petite ville suisse, sous un grand mélèze. Au-dessus du portillon, gravée dans le marbre, cette phrase simple :
« ici repose notre chère Sarah dont la vie nous fut essentielle »

Aucun sentiment en nous, aucune tristesse ni culpabilité. Je pense aujourd'hui que nous n'étions que deux glaçons. Mais c'est la vie qui nous a façonnés comme cela, notre vie qui eût pu être tout autre.

XIV

Dimanche, le matin tôt.

Claudie ouvre les yeux lentement. Le jour entre dans la pièce car hier, elle n'a même pas fermé les volets. Elle bouge un peu la tête, sur le canapé, mais stoppe illico : à ses côtés, Justin dort encore à poings fermés. Elle se souvient.

Dans la nuit elle s'est réveillée, et puis elle a eu mal, mal au cœur. Elle s'est levée et s'approchant doucement, elle a vu que Justin ne dormait pas, pas encore. Alors elle est venue s'asseoir près de lui, sous les couvertures au coin du feu. Et ils se sont endormis là, l'un contre l'autre.

La jeune femme sourit délicieusement. Pour la première fois depuis si longtemps elle ne se sent plus seule. Et même si elle sait que sa vie est à Montpellier, dans son petit appartement, il y a ces instants profonds qui resteront gravés au fond d'elle.

Le poulpe remue et ouvre enfin les yeux. Lui aussi sourit.

Il joue avec une mèche de ses cheveux.
– Alors tu vas faire quoi maintenant ?
Claudie réfléchit quelques instants puis se lance :
– Je vais écrire un livre…

Je n'eus aucun mal à me fondre dans le personnage. Vivant avec elle, j'avais l'habitude de l'observer à toute heure du jour. Mais subrepticement j'y intégrais une part de moi-même.

Avec la fin de la guerre, il y eut beaucoup de mouvements dans le monde de l'art, en Suisse comme ailleurs. Des œuvres, jusqu'à présent cachées, parvinrent sur le marché. Nous en profitâmes pleinement pour écouler notre stock avec de beaux bénéfices. Ce furent des années florissantes, des années heureuses et insouciantes.

Mais partout de nouveaux courants jaillirent en peinture, on développa les notions d'abstrait ou de performance, et ces techniques restèrent totalement obscures pour moi. Enfin, la police s'affina, les juifs spoliés mirent en place des structures spécialisées dans la recherche des œuvres volées et les experts se multiplièrent dans l'Europe. On ressortait les vieux dossiers, et nos anciennes identités refaisaient quelque fois surface. Il était temps pour nous de tirer la révérence, de quitter l'aventure et de connaître la paix, en brouillant les pistes.

Lorsque nous apprîmes par notaire, le décès de Denise, nous avions déjà muri notre projet. Une dernière fois, en tous cas nous l'espérions, nous bouclâmes nos valises et prîmes le train et le bus jusqu'en Ardèche. Ma chère sœur me léguait un petit mas en bout de village, pas encore en ruines mais à rafraîchir, qui nous plut de suite. Nous avions assez de fortune pour le rafistoler à notre image et tellement de possibilités de cachettes.

Dans un premier temps, les voisins, les cousins, les amis de la jeunesse d'Alice, vinrent souvent nous rendre visite. Mais ils ne faisaient pas le poids avec les deux fourbes que nous étions depuis si longtemps. Peu à peu les visites s'espacèrent pour ne plus avoir lieu. La seule que nous acceptâmes au final fut celle d'une petite fille de cinq ans, boulotte et peu bavarde : un nouveau rôle à jouer pour nous, grand-oncle et grand-tante.

Depuis peu les travaux sont terminés dans la maison. Nous voici arrivés au terme de notre voyage...

Ce qu'il nous reste sera muré sous la dalle, au sec et mon journal avec. Nous n'avons pu nous résoudre à tout brûler ; c'est notre travail, notre labeur, notre trésor. Et qui sait ce que l'avenir nous réserve ?

Il y aurait beaucoup de choses à dire, beaucoup d'explications à donner.

Depuis que nous sommes ici, je réfléchis plus posément que jamais, loin de mes peintures et mes pinceaux.

Je les ai abandonnés sans peine, le corps apaisé. Parfois je sors les gros, les larges et je repasse une couche de blanc sur les volets. Le blanc virginal, le blanc de la mariée, le blanc de la pureté. Cette maison m'apaise.

Je conçois que nous avons été odieux, mon frère et moi, mais je n'ai pas de culpabilité aujourd'hui. Et puis la petite oie semblait si triste avant de nous connaître et si heureuse avec nous...

En réalité nous ne voulions qu'une seule chose : rester ensemble le plus longtemps possible. Et comment punir deux petits êtres déjà brisés si tôt par la destinée ? Notre punition, nous l'avons portée chaque jour, chaque nuit, incapables que nous fûmes à vivre normalement, incapables que nous étions à nous séparer.

Toute la gamme des sentiments qui agite un humain normalement, n'a jamais pu se développer chez nous, ou plutôt, je pense qu'elle se concentra sur un sentiment unique : notre amour ultime l'un de l'autre. Quand j'analyse chacun des actes de notre vie, il trouve dans cet adage sa conclusion et sa raison d'être.

Je veux vivre mon bonheur pleinement et ne faire d'effort que pour deux personnes : Matéo et la petite Claudie, une enfant comme je le fus, un jour.

Une enfant que je ne veux pas que l'on brise, pour qu'elle ne me ressemble jamais.

FIN

Encore toutes mes excuses à mes lecteurs pour les imperfections de grammaire et de conjugaison française qu'ils pourront relever au fil de ces pages… Mais espérant que cette histoire vous a plu ; vos commentaires sont les bienvenus sur ma page Facebook.

Tous mes remerciements vont dans un premier temps à Madame Caron pour m'avoir dit un jour au creux de l'oreille : « osez ! ».
Mais ces pages ne seraient pas écrites si Lulu et Jo C. ne m'avaient pas offert les lieux, si Marie-Paule B. et Hugues V. ne m'avaient pas corrigée et enfin si je n'avais pas eu le soutien de mes parents et de ma famille et les encouragements de mes amies lectrices de la première mouture, qui se reconnaitront sans doute ; je n'ose en faire la liste car je suis certaine d'en oublier malheureusement…
Un grand merci à Tom P. et à Patrice R. pour la couverture en espérant une longue collaboration.
Enfin surtout une pensée à mon mari, le premier à avoir cru en cette histoire, et à mes filles, auxquelles je confie à mon tour ce message : « osez ! ».